神獣の褥

Michika Akiyama
秋山みち花

CHARADE BUNKO

Illustration

葛西リカコ

CONTENTS

それは、まだこの世界に神々がおわした頃のこと——

† 湖の畔《ほとり》の幼児《おさなご》

色とりどりの草花で埋め尽くされた野を、ひとりの背の高い少年が歩いていた。人の年齢では十四、五歳ほどか。銀色の髪を肩まで無造作に伸ばした少年は、茶色の籠《かご》を両手で大事そうにかかえ、道を急いでいた。

神々が棲《す》まうこのアーラムの地では、足首まで丈のある優雅な長衣《ちょうい》を着て、髪や耳、首、腕や足首にも煌《きら》びやかな飾り物をつけるのが普通だが、少年の格好は極めて質素だった。

何度も洗いざらした白の上衣は、丈も短くせいぜい腰を覆う程度。くすんだ色の飾り紐《ひも》を結んでいるだけだ。下には動きやすそうな脚衣を穿《は》き、素足に革でこしらえた鞋《サンダル》。この格好は下界の最下層の者と少しも変わらない。

だが、少年の真っ青な双眸《そうぼう》は美しく、顔立ちにもどことなく品がある。手足もまだ細く、大人の体格には及ばないが、少年には凛《りん》と張りつめた独特の力強さがあった。

うねうねと起伏に富んだ野辺の先には大きな湖がある。その湖の中央にひとつの島が浮かんでおり、美しい館が建てられていた。

アーラムの神々のうちのひとり。湖の女神が棲まう館だ。

少年の育ての親が下界から召し上げられて、その館で女神に神子《みこ》として仕えており、しばらくぶりで訪ねるところだった。

籠には森で採れたばかりの瑞々《みずみず》しい果実が入れてある。育ての親はその果実が大好物で、喜ぶ顔が早く見たかった。

湖の畔まで来て、少年は島に渡る小舟を探した。姿を変えれば舟などなくとも簡単に島まで泳いでいけるが、神々の領域で〝力〟を使うことは憚《はばか》られた。

いつも何艘《なんそう》か係留されている小舟が見つからず、少年はあたりを何気なく見まわした。すると何か密やかな音が聞こえてきて、耳が勝手にひくりと動く。

それと同時に、野辺の花とは別の種類の甘やかな匂《にお》いも鼻先を掠《かす》めた。

聴覚、嗅覚《きゅうかく》ともに並外れた少年は、少し離れた場所に誰《だれ》かが潜んでいることに気づいた。

息を止め、耳を澄ませば、それが子供の泣き声だとわかる。

あんなに寂しそうに泣くなんて、どうしたのだろう?

気になった少年は、子供の姿を探して岸辺沿いを歩き始めた。

しばらく行くと、湖上に枝を張り出した大樹がある。その根元に、両膝《りょうひざ》をかかえ蹲《うずくま》っている子供がいた。

決して大きな泣き声じゃない。けれども忍びやかなすすり泣きは悲しみに満ち、聞いている者の胸までせつなくさせる。

少年は泣いている子を驚かさないように、そっと足音を忍ばせて近づいた。

けれど、そばまで行かないうちに、子供はすぐにそれと気づいて顔を上げる。

「誰だっ?」

子供らしからぬ鋭い声で誰何《すいか》され、少年ははっと息をのんだ。

顔を上げた子供はまだ幼い。人の年齢に合わせれば、せいぜい五歳ほどだった。

けれど、あまりの可愛らしさ、美しさに驚いて声を失ってしまう。

真っ直ぐに、背の中ほどまで伸ばされた髪は交じり気のない黄金。まるで陽の光がすべてそこに集まったかのような輝きを放っていた。精緻《せいち》に整った顔に、白く透きとおった肌。くっきりとした瞳は、髪より僅《わず》かに薄い金色だ。

「怪しい者ではありません」

少年は、そう声をかけて美しい子供に近づいた。

すると金の瞳が訝《いぶか》しげに細められる。

「ここは湖の女神の神域。賤《いや》しい者が近づける場所ではないぞ」

尊大な口調に、少年は青の目を見開いた。

見かけはあどけない幼児だ。しかし、備わった気品と威厳が少年を圧倒する。

「私は怪しい者ではありません。湖の館で女神にお仕えする者に会いに来ただけです」

自然と丁寧な物言いになったのは、この幼児が自分より高位にあることを認識させられたからだ。

「そうか」

子供は短く答え、そのあとすぐに、外来者には興味がなくなったかのように、少年から視線を外した。

この子ともっと話がしたい。

胸の奥からふいに湧《わ》き上がってきた欲求に従って、少年はさらに歩を進めた。

すぐそばまで行って儀礼的に片膝をつくと、にべもなく命じられる。

「あっちへ行け。おまえなどに用はない」

自分の言葉に逆らう者など存在しない。それをよく弁《わきま》えている物言いだ。

この子はいったい誰だろう？

ますます興味を覚えた少年は、邪魔だと思われているのを承知で再度話しかけた。

「何か悲しいことがおありでしたか？　泣いて……おられたようですが」

指摘された子供は、小さく息をのんだ。

だが、その直後、怒りに燃えたように、きっと少年を振り返る。

「私は泣いてなどいない！」

そう言う子供の頬《ほお》はまだ少し濡《ぬ》れている。

しかし、自分が泣いていたことは、まったく認める気がないようだ。

誇り高いその様子に、少年は我知らず微笑《ほほえ》んだ。そしてふと思いついて、籠の中から赤く熟した果実をひとつ手に取る。

「これを召し上がりませんか?」

「なんだ、それは?」

差し出したのは、森で採れたばかりの林檎《りんご》だ。少年の育ての親はこれが大好きで、毎年この時期にもぎたてを届けに行く。

「林檎です」

「林檎?」

「館の方々も召し上がります。俺が運んでくるものは美味しいと、皆さん好んでおられます」

そう言って、にっこり笑っても、子供はまだ不審そうな表情だ。

林檎そのものを食したことがないとは考えにくい。おそらく、皮を剝《む》いて芯《しん》を取り除き、きれいに切り分けて皿に盛られたものしか口にしたことがないのだろう。

少年は根気強く林檎を勧めた。

「さあ、どうぞ。そのままかぶりついてみてください。甘いですよ」

子供は小さな両手を仰向《あおむ》けに出して、渋々林檎を受け取る。

少年は自分でもひとつ手に取って、手本を示すように、熟した実にがぶりと齧《かじ》りついた。シャキシャキ咀嚼《そしやく》してみせると、子供もつられたかのごとく小さく口を開ける。そして赤い果実に、きれいに揃《そろ》った真珠のような歯が立てられた。

「……あ」

子供は驚きの声を漏《も》らす。

甘い林檎が気に入ったのか、その後は何も言わずに口を動かしていた。

少年はほっと安堵《あんど》して、きれいな子供が林檎を食べるさまを眺めた。

もしかしたらこの子は、湖の女神が成したという子供かもしれない。

だとすれば、父親は天の絶対者、天帝カルフ……。

本当にそうなら、この子は半神である少年など、滅多《めった》なことでは目どおりも叶わぬ高貴な存在だ。

今日はなんと幸運な日だろうか。

湖の館では、少年は賤しい半獣として蔑《さげす》まれることが多い。養い親に会えるのは楽しみだが、いつもなんとなく億劫《おっくう》だとも思っていた。でも、こんなきれいな子に出会えるなんて、今日という日に林檎を届けに来て本当によかった。

少年はそんなことを思いつつ、かすかに笑んだ。

「あなたは湖の館に棲んでおられるのですか？」

「そうだ」

「このあと館へお帰りになるなら、お送りしましょうか。ちょうど島へ渡る小舟を探していたところです」

少年がそう言うと、子供はきっと表情を険《けわ》しくする。

「館には戻らぬ」

「どうして?」

「母上が、館にいてはならぬと仰《おお》せゆえ……」

意外な言葉に、少年は首を傾《かし》げた。

子供は食べかけの林檎を持ったまま立ち上がり、歩きだそうとしている。少年はとっさに子供の手を握《にぎ》って引き留めた。

「どちらへ行かれるおつもりですか?」

「どこでもいいだろう。手を放せ! 無礼だぞ。おまえには関係ないことだ」

「お待ちください。やはりご一緒に館へ」

「戻れぬと言っておるのがわからぬか?」

「でも」

「父上がお見えなのだ!」

子供は悲痛に叫んで少年の手を振り払った。

勢いで、きれいな歯形がついた林檎がぽとりと地面に落ちる。

怒りに燃え金から藍色《あいいろ》へと色を変えた瞳を見て、少年ははっとなった。

やはり、この子は湖の女神と天帝との間にできた子に違いない。

『暁《あかつき》の幼児』と呼ばれる、類《たぐ》い稀《まれ》なる至高の子供――。

だが、父親である天帝が訪ねてきている時に、館にいられないとは解《げ》せぬ話だ。

天帝には何人も后《きさき》がいるが、中でも湖の女神への寵愛《ちょうあい》ぶりは特別。それはアーラムに棲む者なら誰もが知っていることだ。その間にできた子が、対面を憚る理由はない。普通なら、親子でなごやかな時を過ごすもの……。

少年の疑念を感じ取ったのか、暁の幼児が再び口を開く。

「父上は、私のような子供には用がない。会いたくないと仰せだと、母上が……」

怒りに震えていた声がしだいに細くなり、最後には途切れてしまう。

それで、あんなふうに泣いていたのか……。

得心《とくしん》した少年は我知らず小さな身体を抱きしめた。両膝をついているので、暁の幼児はしっかりと少年の胸に収まる。

許しもなく、高貴な存在に触れるのは大罪だ。けれど、暁の幼児はしばらくの間、抗《あらが》うでもなくじっとしていた。

「父上は……」

少年のごわごわした上衣に小さな手が触れ、ぎゅっと握りしめられる。

寂しさを懸命に堪《こら》えている様子に、胸が痛んだ。

抱きしめた小さな存在に、ふいに愛しさが込み上げてくる。

「泣かないで……。俺がそばにいます。寂しくないように、俺がずっとあなたのそばにいますから」

口をついて出たのは、心からの言葉だった。

寂しくないようにそばにいる。

それは少年のほうが、幼児を手放したくないと思ったからだ。

しかし、少年の言葉にぴくりと幼児が反応する。

小さな両手で少年を押し戻し、幼児はきつい眼差しで見つめてきた。

「おまえのそれは同情か？　そんなものはいらぬ」

冷ややかな声に、少年は焦りを覚えた。

何が忌諱《きき》に触れたのか、幼児の雰囲気がそれまでとはまた一変する。

「お、俺は……」

「誰が泣いているだと？　誰が寂しいだと？　私は今に、父上の跡を継いでアーラムの諸神を従える者となる。おまえのような下賤《げせん》の者に同情などされる覚えはない」

少年は高貴なる者が発する威厳に、完全に気圧《けお》された。

まだ幼い神のなめらかな額《ひたい》が光り始める。

「あ……」

眩《まぶ》しさに息をのんだ、瞬間、幼児の姿がふっと視界から消え失せた。

アーラムの諸神は、その額に〝力〟の源となる水晶柱《すいしょうちゅう》を宿すという。

幼児はその〝力〟を使って、少年の前から消えてしまったのだ。

岸辺にひとり残された少年は、深いため息をついた。

夢を見ていたのだろうか。

自分は本当に、あのきれいな子供をこの手で抱きしめたのだろうか。

ふいにあやふやな気分になって、両方の掌《てのひら》を確かめてみる。

けれど、そこにはなんの痕跡《こんせき》も残っていない。

ただ、幼児を抱きしめた時、胸を焦がした愛しさだけが、いつまでも記憶に残っていた。

† 暁の美神

アーラムの神々が支配するこの世界は、天上界と下界の二層に分かれていた。

天上界は、人間がひしめく下界と同様に広大で、山や湖、野原や川なども存在し、神々は、それぞれ気に入りの場所を己の神域とし、優雅な毎日を過ごしていた。

広大な天上界の中心には、非常に高い山が聳《そび》えており、その頂上近くに、ひときわ偉容《いよう》を誇る巨大な宮殿が建てられている。

そこはアーラムの絶対者である天帝カルフ、そして天帝の血筋に連なる有力な神々が棲まう特別な場所だった。

七層の高さを持つ宮殿には、数限りなく美しい庭がある。

その庭のひとつでは、ひとりの美しい神が微睡《まどろ》んでいた。

咲き乱れる花々を褥《しとね》とし、ほっそりとした肢体を横たえているのは、暁の神リーミンだ。

なめらかな肌を覆っているのは、蜘蛛《くも》の糸で織り上げたかのように薄い長衣。神の御業《みわざ》で作り出された長衣の布は、白、あるいは透明とも見えるが、リーミンが香《かぐわ》しい息をつくたびに七色の光を発する。まさに美の極致ともいえる長衣だった。

だが、その長衣をまとったリーミンこそは、さらなる美しさを保った神だ。

リーミンに仕える神子のカーデマは、盛んに目を瞬かせながら、そうっと主の細い肩に手を伸ばした。

「リーミン様……リーミン様……お願いでございます。目を覚ましてくださいませ」

カーデマはまだ年若い少年の外見を保っているが、リーミンに仕えてもう何年にもなる。主は姿が美しいばかりではない。アーラムの神々の中でもかなり高い位を持ち、大いなる〝力〟も宿している。少しでも気に染まぬことをすると、あとが怖い。

午睡《ごすい》の邪魔をするなどもってのほか。けれども、主への大切な伝言がある。

それともうひとつ、花の中で微睡む主は、その〝力〟の源である水晶柱を放り出したままだった。

水晶柱はリーミンの額からこぼれ落ち、まるで意思のある生き物のように、そろそろと動き始めている。もし他の神に見つかって、取り上げられてしまうと困ったことになる。

しかし〝力〟を持たぬ神子のカーデマでは、水晶柱に触れることさえできない。どうでも目覚めてもらわなければならなかった。

うるさくすれば叱責《しつせき》されるのはわかっていた。リーミンはカーデマに向かってその偉大な〝力〟を使うかもしれない。それでも、誰かが主の水晶柱を盗んでしまうのではないかと心配だった。

「リーミン様、どうぞお目覚めくださいませ、リーミン様。天帝がお呼びでございますよ」

あまりにも無防備な主に呆《あき》れつつも、カーデマは二度、三度と、華奢《きやしや》な肩を揺り動かした。

「ん……っ」

リーミンがくぐもった吐息を漏らし、なめらかな胸が上下する。

カーデマは固唾《かたず》をのんで主の目覚めを待った。

長い睫《まつげ》がゆっくり開かれていくと、陽射しが溶けたかのように薄い金の瞳があらわになる。

「おまえか、カーデマ……何故、眠りを妨げた？」

低く聞こえてきた声に、カーデマははっと身体を硬直させた。

やはり主の機嫌は最悪だ。

だがカーデマが口を開く暇《いとま》もなく、リーミンがさっと左手を天に翳《かざ》す。するとその手に向かって飛んできたのは水晶柱だった。

神々の〝力〟はこの水晶柱によって発動されるという。リーミンの水晶柱は、宵《よい》の色と夜明けの紅《あか》が交じり合う不思議な光を発していた。

その水晶柱がリーミンの額にすうっと潜り込んでいく。すべてが収まる寸前、ひときわ強く輝いた水晶柱を見て、カーデマはぞくりと背筋を震わせた。

「……あ、リーミン様……て、天帝カルフ様が……」

「おまえの声はうるさすぎる」

リーミンは冷えきった目で、カーデマを見据える。

アーラムの神々の中でも随一《ずいいち》の美貌《びぼう》を誇る、暁の美神。だが、リーミンの性は冷酷だった。

自分の神子であろうと、気に入らなければ平気で光輪を放って焼き尽くす。以前にもカーデマはひどい火傷《やけど》を負わされたことがあった。あの時の痛みを思うと、今でも身体中に震えがくるほどだ。

「リ、リーミン様……うわ——っ……っ」

リーミンの指先から閃光《せんこう》が放たれて、カーデマを貫く。

あとは叫ぶことさえできなかった。

カーデマはいきなり巨大な姿となった主を仰ぎ見た。

リーミンはまだ上体を起こしただけで花の中に座り込んでいる。それなのに、いつもの二十倍はあろうかという高さに美しい顔があるのだ。

次の瞬間、カーデマはようやく主ではなく、自分の身が変化していることに気づいた。

茶色の巻き毛に愛くるしい顔。小柄な少年だったはずの身体が、今はびっしりとやわらかな体毛で覆われていた。しかもそこには虎《とら》を模した紋様がある。

四肢を踏ん張って花の中に立つ己の姿に、カーデマは唖然《あぜん》となった。

猫に変化させられたのだ。

「ひ、ひどいです。リーミン様！　どうしてこんな……すぐ元に戻してください！　猫なんていやです、リーミン様！」

カーデマは長い尻尾《しっぽ》を最大に膨《ふく》らませ、ブンブン振りまわしながら、必死に訴えた。

しかし冷えた目をした主は、カーデマの尻尾をなんの感慨《かんがい》もなさそうにつまみ上げただけだ。

「わぁっ！　お、お許しくださいっ！　リーミン様！　あぁぁ——……」

カーデマは空中高く放り投げられた。

小さな身体は一瞬にして花園の遥《はる》か向こう、七層の高さを持つ宮殿をも越えた場所まで飛んでいく。

カーデマを追い払い、叫び声さえ聞こえなくなった頃、リーミンは細い指でゆるく黄金の髪を掻《か》き上げた。

うとうとと気持ちよく午睡を楽しんでいたのに、無理やり中断させられた。耳元でうるさくしたカーデマに罰を与えたのは当然の処置だ。同情の余地はない。

機嫌の悪さをそのままに、リーミンは美しい顔を僅かにしかめた。

天帝カルフが戻ってきたらしい。

そして一番にリーミンを呼んだのだろう。

天帝カルフはアーラムの神々の頂点に立つ絶対者。そしてリーミンの父でもあった。

すぐに挨拶《あいさつ》に行かねば機嫌を損じる。それは重々承知だが、まったく気が進まない。できることなら、父には会いたくなかった。

「だが、そうもいかぬか……」

沈んだ気分のままにため息を漏らした時、リーミンはふと何者かの気配を感じた。

この花園はリーミンの気に入りの場所だった。

リーミンはアーラムの神々の中でも高位にいる。リーミンがこの庭を好んでいることは、他の神々も承知のはず。邪魔をするような愚か者はいないと思っていたのに。

気配のほうへ視線をやると、そこには大きな獣《けもの》の姿があった。銀色に輝く体毛に覆われた、巨大な狼《おおかみ》だ。瞳は真っ青で、恐れげもなくこちらへと近づいてくる。

リーミンはすっと立ち上がった。それでも巨大な狼の頭はリーミンの肩あたりまで達している。

「おまえは獣神《じゅうしん》か……ここは下界の者が入ってこられるような場所ではない。去れ！」

アーラムの神々は総じて欲望に忠実で、下界の生き物に手を出すことがある。この狼もそうした戯《たわむ》れの結果で生まれたものだろう。

神の血は半分しか継いでいない。そうした半端な存在まで同じ神と認めることはできない。それゆえ下界に留め置かれているのだ。

リーミンは嫌悪を隠さず、細い眉《まゆ》をひそめた。カーデマならいっぺんに震えだすだろう冷酷な表情だ。

しかし銀色の狼は怯《ひる》む様子もなく、青い瞳でじっとリーミンを見つめてきた。

「アーラムの神々の中でも、もっとも美しきお方、暁の神リーミン様……まさか、こちらでお目にかかれるとは思わず、失礼をいたしました。遠くからでも、麗しいお姿を拝《はい》することができればと、望んでおりましたが……」

放たれた賛美の言葉に、リーミンはますます異形の半神に嫌悪を覚えた。

美を称《たた》えられる。

それは、リーミンにとってなんの価値もないことだ。

しかし、その時、ふいに悪戯《いたずら》な風が吹いて、リーミンの長衣をふわりと揺らす。そして薄く透きとおった裾《すそ》が狼の鼻先を嬲《なぶ》った。

獣は、くんと香しい匂いを嗅《か》ぎ、うっとりしたように青い目を細める。

「無礼者！　即刻ここから立ち去れ！」

かっと怒りに駆《か》られたリーミンは、短くくり返しただけで獣神に背を向けた。あとはもうなんの興味も覚えず、七層の宮殿に向かって歩き出す。

「お待ちください。私はご挨拶に伺《うかが》ったところでございます。宮殿への道をお教えいただけませんか？　あちこち結界が張り巡《めぐ》らされて、まるで迷路のようだ。宮殿はしっかり見えているのに、そこに至る道がわからなくて困っております」

獣神は縋《すが》るような目で訴える。

神々は宮殿内や庭にも自分専用の道を持っている。初めて訪れた者が、容易《たやす》く宮殿の中央部に近づけないのは当たり前のことだったが、同情する気はさらさらなかった。

リーミンは振り返ることもなく、完全に獣神を無視して、するりと自分の道へと入った。

銀色の狼からは、リーミンの姿が掻き消えたように見えただろう。

結界の中では外の景色がぐにゃりと歪《ゆが》む。困惑気味に立ち尽くす狼の姿も醜《みにく》くひしゃげていた。

結界の中を歩いていると、向こうから小さな猫が走り寄ってくる。さきほど空に放り投げたカーデマだった。

こんなに短時間で戻ってくるとは、なかなか感心な神子だ。

「ああ、リーミン様！　よかった。宮殿へ向かわれるのですね？　天帝カルフ様から矢のような催促が来ております。今は休んでおられるのでと申し上げたのですが、天帝付きの神子どもがうるさいんです。カルフ様のご機嫌を損じれば、恐ろしいことになりますからね」

カーデマはほんの少し前に受けた仕打ちなど忘れたかのように、せっついてくる。

「わかった。すぐに行く」

短く答えたリーミンは、ふっと自分の足元に目をやった。そして、長衣の裾があの獣に触れてしまったことを思い出す。

嫌悪でぞくりと背筋が震えた。

獣が触れた長衣をいつまでも身につけてはいられない。

リーミンは細い指を二本揃えて額に触れた。

するとまとっていた衣装が一変する。七色に輝くさまは同じだが、天帝の前に出るとあって、長衣にも飾りが増やされ、額や耳、細い首や腕にも飾り物を帯びる。

カーデマはますます輝きを増した主に、うっとりしたように深い息を吐く。そしてしばらく経《た》ってから、慌《あわ》てて主のあとを追い始めた。

「リーミン様、お待ちください！　ぼくを元の姿に戻してください。いつまでも猫でいるのはいやです！　リーミン様！」

†

七層に輝く神々の宮殿――。

その最上階に天帝カルフの玉座を置いた広間があった。

「神々の中の主座におわす天帝カルフ様、お召しによって、まかりこしました」

リーミンは玉座のカルフに対し、軽く膝を折って恭《うやうや》しく口上を述べた。

「堅苦しい挨拶などはよい。早く近くに寄れ、リーミン。待ちかねたぞ」

「はい」

リーミンは短く答えて、天帝のそばにしずしずと近づいた。

玉座の両隣に立っているのは、リーミンの兄にあたるバラクとイサールだ。

天帝の子は他にも大勢いるが、ふたりの兄はその中でもお気に入りの息子たちだった。長兄のバラクはリーミンと同じく金の髪を長く伸ばし、瞳の色は緑。端整な顔立ちをしている。しかし、その美貌はリーミンとは比べものにならないほどの力強さに溢《あふ》れていた。

茶色の髪の次兄イサールは、父である天帝の血をもっとも濃く受け継いでいる。その姿も、〝力〟も、天帝に次ぐものとされていた。

とは言うものの、天帝の一番のお気に入りはリーミンだった。しかもその盲愛ぶりは、少し度がすぎているのではないかと思われるほどだ。

リーミンは静かに天帝の前に立った。

「おお、今日も美しいの……おまえの母親は、女神の中でも群を抜いた美貌であったが、おまえは最近、ますます母の面差しに似てきたようだ」

天帝は機嫌がよさそうに言いながら手を伸ばし、リーミンの頬を撫《な》でさする。

神の〝力〟をもってすれば、外見を若く保つことは容易い。けれど気を抜いている今、天帝の手には明らかな老醜が見えていた。薄茶色の染みの浮いた手が、リーミンの頬からうなじへと這《は》い、肩をとおって胸にまで到達する。枯れて皺《しわ》が多いわりには熱く湿った手だ。胸の突起があるあたりまでねっとりと撫でさすられて、リーミンはおぞましさに鳥肌を立てた。

不快だからと拒絶はできない。リーミンはなんとか天帝の気をそらそうと、硬い声で訊《たず》ねた。

「父上、東方の戦況は、いかがだったのでしょうか？　此度《こたび》はずいぶん長い間、留守にされておりましたので、東方の神どももさぞや」

「ふん、彼奴《あやつ》らのしぶとさには呆れるばかりだ」

語気荒く吐き捨てられた一言で、リーミンはやり方を誤ったことを知った。

天帝カルフは、いうまでもなくこの世界を統《す》べる者。天上界、そして下界にも数多くいる神々の頂点に立つ存在だった。

けれどもこの世には、天帝でも手を焼く者たちがいる。

東方に棲む神々が天帝に反撥《はんぱつ》し始めたのは、もうずいぶん昔のことになる。リーミンも兄たちも、その頃はまだ生まれてもいなかった。

若かった天帝は、最強の軍を編成して討伐《とうばつ》に赴《おもむ》いたのだが、東方の殲滅《せんめつ》には失敗した。以来、東方の神々とは何百回となく戦っているが、いまだに決着がついていない状態だ。

この世界のすべてを手中に収める。

それは天帝カルフの尽きせぬ野望だ。しかし、此度もさほどの成果は挙げられなかったのだろう。

「リーミン、そんなことより、もっと近くに寄れ」

苛立《いらだ》たしげに命じられたが、リーミンはすでに天帝の膝に自分の足を触れ合わせるほど間近に立っている。これ以上近くとなれば、天帝の膝に乗り上げるしかない。

そしてまさにそれが天帝の欲するところだった。

「さあ来い、リーミン。久しぶりに我が子と対面したのだ。おまえをこの手でしっかり抱かせてくれぬか」

天帝は玉座に座ったままで大きく足を開く。にやりとした笑みを浮かべられて、リーミンは眉をひそめた。

「ち、父上……」

やはり、本気で自分を膝の上に座らせる気なのだろう。子供でもあるまいし、そんなことをすれば、いい笑い者だ。

だいたいリーミンが子供の頃は、顔を見る気さえなかったのに、今になってこんな真似をされても困るばかりだ。

幼い時、どれほど絶対者である父に会いたかったことか。顔も見たくないと疎《うと》んじられていることを、どれほど悔しく思っていたことか……。

なのに長じてのち、初めて拝謁《はいえつ》して以来、父は掌を返したように、リーミンに執着を見せ始めたのだ。

困惑したリーミンは、玉座の横に立つふたりの兄に視線を向けた。だが兄たちは天帝を諌《いさ》めるどころか、優越感に満ちた嘲《あざけ》るような表情を見せている。

天帝は東方に赴く際、ふたりの兄を筆頭に、多くの〝力〟ある神々を従えていく。そんな中で、リーミンはいつも留守を言いつけられていた。

神としての〝力〟はふたりの兄とそう変わらないと自負している。それでも戦力外として宮殿に残されてしまうのは、天帝がリーミンを盲愛するがゆえだ。

黄金の髪は一筋たりとも損なってはならぬ。雪白の肌をほんの僅かでも傷つけることがあってはならない。

天帝はいつもそう言って留守を命じる。

だからどんなに願おうと、リーミンが激しい戦いの中に身を置くことはなかったのだ。

天上の神として生まれ、それに相応しい〝力〟も持ちながら、ただ天帝に愛でられるだけの存在――。

兄たちは、取るに足りぬ弟神だと、リーミンを見下しているのだろう。

父である天帝にねっとりと触られる不快感。それに加えて兄たちに蔑まれることへの怒り。

堪えきれなくなったリーミンは、やんわりと父の手をつかんで自分の胸から遠のけた。

「我が父なる天帝カルフ様、どうか次の戦《いくさ》には私もお連れくださいませ。きっとお役に立ってみせますゆえ」

リーミンは一歩身体を退き、父の赤い瞳を見つめながら真摯《しんし》に訴えた。

天帝は不快げに、白いものが交じる眉をひそめる。

「リーミン、いつも言っておるだろう。愛しいおまえを戦になど連れては行けぬ。おまえは我《われ》が玉座にある時、その美しさで我を慰めてくれればよいのだ」

「しかし、父上……私はもう子供ではありません。失礼ながら、そちらにおわすふたりの兄上方と同等の〝力〟もあると自負しております。それなのに、どうして私だけがいつも留守を命じられなければならないのでしょうか？」

天帝を怒らせるのは本意ではない。それでも今までに降り積もった苛立ちが抑えきれなかった。

息子として認める気になったのなら、もう少しまともな扱いをしてほしい。

「リーミン、聞き分けのないことを言うでない。我がどれほどおまえを愛しく思っておるか、おまえは少しもわかっておらぬな」

「父上……」

「口で言うてもわからぬなら、やはりおまえを我がものとしたほうがよいか……ん？」

天帝の赤い眼《まなこ》に鋭い光が射し、リーミンは息をのんだ。

次の瞬間、リーミンの身体は天帝の膝の上にあった。〝力〟を使われたのだ。

老いているわりには力強い腕が絡み、そのまま抱きすくめられる。

「ち、父上……っう」

いきなり唇まで塞《ふさ》がれて、リーミンは呻《うめ》き声《ごえ》を上げた。

もがこうと思っても、身体中が痺《しび》れたように動かなかった。

「んぅ……ぅく……っ」

天帝は舌を使って、べろべろとリーミンの唇を舐《な》めまわす。

あまりの嫌悪でざわりと背筋が震えた。

それなのに天帝は、あろうことか舌まで挿《さ》し込んでくる。ねっとりと絡められ、根元からきつく吸い上げられて、リーミンの嫌悪は頂点に達した。

「んんっ、……ふ、……っ」

親子だというのに、こんな口づけをするとは、気でも狂ったのか？

しかし、いくら振りほどこうと思っても、見えない〝力〟で拘束された身体は自由にならない。

そのうち、天帝の手が長衣の中に潜り込み、胸の粒をぎゅっと直《じか》につまみ上げられる。

「んんっ！」

痛みで小さく身を震わせると、天帝はにやりと笑いながらようやく唇を離した。

それでもリーミンは、指一本動かせない状態だ。

「ち、父上……どうか、放してください」

懇願《こんがん》もむなしく、天帝はリーミンの長衣をはだけて胸を剝き出しにする。そして再び乳首をつまんでこねまわし始めた。

「ここは小さいのぉ……だが、きゅっと硬くなって尖《とが》りおった。舌でもねぶってやろうか」

「いやです！　おやめください！」

天帝の口が胸に近づき、リーミンは悲鳴を上げた。

ねっとりとした生温かい息が先端にかかると、身体中が小刻みに震える。

「あ……ぁあ……」

天帝の口が胸の突起をちゅるっと吸い上げる。リーミンは掠れた声を発しながら、悔し涙をこぼした。

天帝は膝に乗せたリーミンを片手で支え、空《あ》いた手で下半身まで探ってくる。

太腿《ふともも》に触れられ、中心まで指先が伸びた。

「いやっ……父上……っ」

胸の先端を甘噛みされ、リーミンは黄金の髪を振り乱した。

痛みのあとに痺れが生まれ、それが下肢にまで伝わっていく。そして天帝の手は今にも、そこに触れそうになっているのだ。

「なんと、可愛らしい泣き声を上げるのか……やはり、おまえほど愛しい者はおらぬ。このまま手放すことはできぬな……そうじゃ、おまえを我が妻とすれば、たんと可愛がってやれる。うん、それがよいの」

天帝は赤い眼を細め、蕩《とろ》けるように自分の息子を見つめている。

信じられなかった。

息子を妻にする？

「何をおっしゃっているのか……私は父上の息子ですよ？」

リーミンは呆れて吐き捨てた。

すると天帝は顎《あご》に手を当てて、考え込む素振りを見せる。

「そうじゃな、それはいかんの。男体を愛でるのも一興だが、子種を与えても孕《はら》まぬしな。やはり豊かな乳房があって、男根を咥《くわ》え込む蜜壺があったほうがよかろう。となれば……よし、リーミン、おまえを女体に変化させよう」

「！」

リーミンは薄い瞳の色を一瞬で変化させた。

感情が高ぶったり、怒りに駆られたりすると、リーミンの双眸は濃い宵闇の色になる。

天帝は気にした風もなく、リーミンの股間に潜り込ませた手を動かしていた。

指で押されたのは男の象徴と後孔の間だ。

「ここにの、蜜壺を作るのよ……こっちは触れただけでよがり狂う肉芽に変えてやろう」

いやらしい笑みとともに、男の象徴にも触れられる。

ざわりと鳥肌が立った。

天帝は本気だ。本気で自分を女体にする気だ。

「な、何をおっしゃっているのか……」

追いつめられたリーミンは、必死に視線を巡らせた。

なんとかこの暴挙をやめさせなければならない。

しかし、そばに立つ兄たちは呆れたように肩をすくめているだけだ。

血の繋《つな》がりがあったとしても、母は違うし、一緒に育ってもいない。日頃から兄弟という意識は希薄だった。ふたりとも、弟がどうなろうと少しも関心がないのは明らかだ。それより天帝に逆らって立場を悪くするほうが怖いと思っているのだろう。

「胸ものぉ、はちきれそうに膨らまして、もっと揉《も》みがいがあるようにしよう。乳首ももっと感じやすくなるよう、毎日ぞんぶんに舌でねぶってやるぞ」

天帝はそう言いながら平らな胸を揉み上げる。

リーミンは吐き気を堪えて、さらに視線を泳がせた。

広間には誰も助けになる者がいない。

だが、その時、リーミンの視界に映った異形があった。

銀色の体毛をなびかせながら、巨大な狼がやってくる。

「さあ、リーミン。おまえを女体にしてやる。そしておまえを我が妻として、夜と言わず昼と言わず、ずっと可愛がってやろう」

「いやだっ！　やめろ！　汚らわしい手で私に触れるな！」

リーミンは一挙に怒りを爆発させた。

恐れげもなく暴言を吐かれ、天帝は信じられぬように赤い眼を瞠《みは》る。その一瞬の隙《すき》をついて、リーミンは天帝の拘束から逃げ出した。瘦《や》せた身体を突き飛ばし、くるりと身を翻《ひるがえ》して走りだす。

一刻も早くこの場から姿を消そうと、水晶柱を収めた額に手をやった。

が、それより早く〝力〟を使った者がいた。ふたりの兄だ。

闇夜を引き裂く稲妻と、すべてを薙《な》ぎ払う突風が、リーミンの身体に容赦なく突き刺さる。

「ああっ」

胸をはだけた半裸の格好で、リーミンは無様に床の上へ転がされた。あとを追ってきたのは蜘蛛《くも》の糸のように身体に絡みつく天帝の光線だった。

「いやだ！　放せっ！」

動きを封じられたリーミンは、もがきながらも懸命に手を差し伸べた。

その先には銀色の狼しかいない。

「リーミン、この父にまだ逆らう気か？　妻にして愛でてやろうというのに、何が気に入らぬ？」

背後から怒った天帝の大音声が響いてくる。

床にねじ伏せられたリーミンはさらに怒りを募らせた。

こんな目に遭《あ》わされる覚えはない。理不尽なやりように、心底腹が立った。

「汚らわしい手で私に触れるな！」

「なんだと？」

「あなたなど、もう父とは思わない。私は邪《よこしま》な欲望の犠牲《ぎせい》になどならぬ！　私を妻にする？　はっ、気でも狂われたか？　おぞましい！」

「リーミン、父に向かってなんという口のきき方か！」

「実の父の妻になるなど、吐き気がする。あなたの妻になるぐらいなら、そこの獣と番《つがい》になったほうがまだましだ！」

リーミンは我知らず、銀色の狼を指さして叫んだ。

そのせつな、額にひどい衝撃を食らう。

「ああっ！」

虚空から伸びた巨大な手で、リーミンは頭部をわしづかみにされた。次の瞬間には太い指がずぶりと額にめり込み、中から無理やり水晶柱を抉《えぐ》り出される。

「ああっ……く、ぅぅ」

身内を襲った激痛に、リーミンはびくんと反り返った。

そして、〝力〟の源を失った細い身体はくたりと前のめりで床に倒れ伏す。

「天帝である我に向かい、ようも言うてくれた。おまえにはきつい罰が必要だ。望みどおり、おまえはそこの獣神にくれてやろう。下界で獣の番《つがい》となるがよい」

天帝は広間の高い天井に届かんばかりの大きさになっていた。老いていると見えた顔が引きしまり、絶大な力を漲《みなぎ》らせてその場にいる者を圧倒する。

ふたりの兄に攻撃され、天帝に水晶柱まで奪われたリーミンは、もう己の意識を保っていることも覚束《おぼつか》なかった。

「大変でございます、天帝カルフ様！　東方の神々が攻撃してきました！」

ばたばたと広間に駆け込んできた神子がそう叫んだのを最後に、リーミンはふっつりと意識をなくしていた。

† 銀狼の森にて

ふわふわとした温かなものに寄り添っていた。

身体はくったりとして、まったく力が入らないのに、何故だかこの温《ぬく》もりのそばにいると、気持ちが落ち着く。

湿ったもので頬をそっと撫で上げられた。くすぐったさでかすかに身動《みじろ》ぐと、もう一度、さらに優しく頬を愛撫される。

くすぐったいから……。

リーミンはくすりと笑いながら寝返りを打った。すると顔全体にやわらかな毛先が触れる。何か、とても大きな獣と一緒にいるらしい。

そっと手を伸ばして触れてみると、温かく力強い鼓動が感じられる。びっしり覆い尽くされた体毛も触り心地がよかった。張りがあるのにやわらかで、いつまでも撫でていたくなるほど気持ちのいい感触だ。

重量のある前肢《まえあし》が肩に乗って、まるで抱かれるみたいな格好になる。けれどその重みさえも、心地よさにすり替わり、リーミンは子供のように身体を丸めてますます深く温もりの中へと潜り込んだ。

なんだろう、これは……？

動物……？　この大きな獣は、虎か、獅子《しし》……？　それとも豹《ひょう》？

でもこの被毛《ひもう》は、それよりふさふさと長い気がする……狼……狼か？

こんな巨大な狼は、いるはずが……。

夢の中でそこまで思い、リーミンはふと現実を取り戻した。

ゆっくりまぶたを開けると、ごく間近で青い宝玉のような双眸があって、じっと自分の顔を覗《のぞ》き込んでいた。

気持ちいいと撫でていたのは、銀色の体毛だった。

一瞬で我に返ったリーミンは、寝そべっている銀色の狼から慌てて身体を退いた。

じりじり距離を取ろうとしたが、緩慢《かんまん》にしか動けない。身体のあちこちに鈍い痛みが残っていた。

ならば〝力〟を使うしかないと、額に手をやる。

「あっ」

いつもなら、手を近づけただけで強い波動を引き出せる。だが今は、そこになんの反応もない。

天帝に水晶柱を奪われてしまったことを思い出し、リーミンは再度、最後の望みをかけるように強く念じた。

戻れ、我の元へ！

どんなに遠くにあろうと、そのひと言で水晶柱はリーミンの手元に戻ってくる。

だが、それも無駄な足掻《あが》きだった。水晶柱は戻らず、額にもなんの変化も感じられない。

天帝はおそらく、リーミンの額から抉り出した水晶柱を封印してしまったのだろう。

そして、目の前にはのんびり寝そべっている獣――。

「ここはどこだ？　私は何故ここにいる？」

眉をひそめたリーミンは、冷えた声で問《と》い質《ただ》した。

本当はこんな獣とは、話をするのもいやだ。

けれど、宮殿の広間で倒れてから、何が起きたのかわからない。天帝の言葉を思い出した今は、この獣に真相を訊《き》くしか道はない。

狼は居住まいを正すように、むっくりと起き上がった。

銀色の体毛が動きに合わせて、かすかに揺れる。

獣は獣。しかし、この狼の姿は案に相違して、美しかった。

「お気づきになられましたか、リーミン様。私はレアンと申します。天帝より、あなたを番《つがい》にするよう、命じられた獣神です。リーミン様は意識を失っておられましたので、私が背にお乗せして、我が棲《す》み処《か》であるこの森までお連れしました」

「ここは、下界か？」

「さようでございます」

短い答えに、リーミンはふいに腹立たしさを覚えた。

この獣はたまたまあの広間にいただけだ。

なのに、許しもなく自分を下界に伴うとはどういうつもりだろう。

「まさか……おまえは、あの言葉を真に受けたのか？」

リーミンは呆れたように問いつめた。

天帝との諍《いさか》いで、確かにこの獣の番《つがい》になったほうがましだと口走った。

しかし、この身は天上の神で、この獣は下界の半神。身分には格段に開きがある。

こんな野獣のような姿をした者を同じ神だと認めるわけにはいかないし、本当なら視界の中にも入れたくないほどだ。

「リーミン様、あなたを番《つがい》にせよとは、天帝の命にございます。何人《なんぴと》も逆らえません。それに私は、あなた様を得られて、まことに幸せだと思っております。天上へご挨拶に伺ったのが、今日という日でよかった」

狼は生真面目《きまじめ》に答える。

リーミンは舌打ちでもしたくなる気分だった。まさか、本気にしているとは思わなかった。

「おまえの話はわかった。しかし、私はおまえの番《つがい》になどならぬ」

狼は怒るでもなく、平然としている。

これなら心配するほどのこともないだろう。

「ところで、おまえ……レアンといったか……東方の神々との戦いはどうなったのだ？　確か、攻め込まれたと、誰かが言いに来たはずだ」

「天上の宮殿近くで戦いがあって、天帝は東方軍を押し戻されました。今は戦いの場もかなり東へ移っているようです」

話を聞いて、リーミンはほっと胸を撫で下ろした。

天帝がまた戦いに行ったなら、宮殿に戻っても何の支障もない。しばらく待っていれば、天帝も頭を冷やして戻ってくるだろう。

「レアン、私を天上へ戻せ。私は今〝力〟が使えぬ。だからおまえの〝力〟で戻すのだ」

リーミンは極めて高圧的に頼み込んだ。

このような者にものを頼むのは腹立たしいが、この状況では他に方法がない。

だが驚いたことに、レアンはその頼みをあっさり撥《は》ねつける。

「申し訳ありません、リーミン様。あなたを天上界へお戻しすることはできません」

「どういうことだ？」

「あなたを私の番《つがい》にするのは、天帝がお決めになったこと。神が、いったん成した約束を違《たが》えることは、自然の摂理《せつり》に反します」

「なんだ、と……」

リーミンは呻くような声を出した。

確かにこの世は、天上も下界も、原初の創造神が決めた摂理で動いている。

しかし、神がその約束事を守っているかというと、そうではなかった。神々同士で争うのも、父が自分を妻にしようと思ったことも、摂理からは大きく外れている。

「リーミン様、ご不満やご心配もおありでしょうが、私はできるだけのことをいたします。どうぞ、我が番《つがい》となってください」

銀色の狼はそう言うと、のそりと一歩リーミンに近づいた。すかさず立ち上がって、あとずさったが、リーミンが下がれば、狼も間合いを縮める。

爛々《らんらん》と青い眼が光り、大きく裂けた口から鋭い牙と赤い舌が覗いている。

ぞっとした。

さっき微睡んでいた時、狼はあの舌で自分を舐めていたのだ。

天帝の命令を笠《かさ》に着て、自分を番《つがい》にするつもりで……。

許せることではなかった。

水晶柱を封印されたとはいえ、この身はアーラムの神々の中でももっとも高位にある。なのに、半神ごときが本気で自分を番《つがい》にできると思っているのか?

いや、思っているのだ。

獣神はそのつもりで、リーミンを下界まで運び、あろうことか獣の肢でこの身を抱き込み、舐めるような真似までした。

今だって、図々しくそばまで来ようとしている。自分に触れ、あの舌で舐められる距離まで近づこうとしている。

このような仕儀《しぎ》になったのも、すべては水晶柱を失ったことが原因だった。

〝力〟さえなくしていなければ、この場で獣神を八つ裂きにしてやったものを！

自尊心をずたずたにされ、リーミンは大きく胸を喘《あえ》がせた。

「近づくな！　それ以上私に近づくな！」

思わず叫んだとたん、狼の動きがぴたりと止まる。

リーミンは懸命に頭を働かせつつ、急いで銀狼から距離を取った。

この獣は命令を聞くのか？

天上にある神と、下界の半神。身分の差は歴然だ。

となれば、獣はこちらの命令どおりに動く。

それに、大切にすると言った手前、いきなり無体な真似もしないだろう。

このまま狼のそばにいれば、あとがどうなるか……。

こんな獣を相手に恐怖する己など、本当は認めたくない。だが水晶柱を失った今、この獣を怖いと思うのは止めようがなかった。

とにかくこの獣を手なづけて、ここから逃げ出す隙を見つけるしかないだろう。

「ここは森の中のようだが、おまえの棲まいか？」

「この森は我が棲み処。俺は天上の神と銀狼との間に生まれた。この森で育ち、今も森を棲み処とする森の神だ」

狼の口調が今までとは違ってやや尊大になっている。

腹立たしいことに、リーミンを敬《うやま》う気持ちが薄れているのかもしれない。

「森の中に棲むなど、野蛮な……そもそも、おまえのような半神では、天上界には入れてもらえなかったな」

リーミンは、わざと獣神を貶《おとし》めるように、皮肉な言葉を投げつけた。

しかし銀狼は、何も感じなかったのか、平然としている。

「リーミン様を番《つがい》としてお迎えするのだ。森には館を建てよう」

「ここには召し使いひとり、おらぬではないか。話にならぬ」

「必要ならば、それも用意しよう。それから、あなたが天上の宮殿で使っておられた神子も、下界に降ろしてもらえるように、掛け合ってみよう」

生真面目に受け答えする狼に、リーミンは肩をすくめた。

カーデマは好奇心が強く、天上の宮殿内を飛びまわっているのが好きな神子だ。たとえ猫の姿のままでいたとしても、下界に来るより遥かにましだと思うはず。下界へ呼ぶなど、本人にとっては迷惑な話となろう。

リーミンは少し考えて、別の要求を突きつけた。

「喉《のど》が渇《かわ》いた。水が飲みたい。だが、雨水などはいやだ。この森に自然に湧き出る泉はあるか？」

「ここからはかなり離れているが、きれいな泉がある」

「では、そこの水を運んできてくれ。私はここで待っている」

銀狼は青い眼で窺《うかが》うようにリーミンの顔を見つめた。

疑っているのだろうか。留守にした隙に、自分がいない隙に逃げるかもしれないと。

リーミンはもちろんその気だった。

こんな狼の元には、留まっていられない。

「水だ……なんでもしてくれると言ったのは嘘か？」

「いえ、リーミン様、すぐに」

駄目押しのように言うと、すぐに答えが返ってくる。

優美な背を見せて走りだした狼に、リーミンは思わず口元をゆるめた。

†

ここはあの獣の棲み処。早くこの森から出なければ……。

しかし水晶柱を取り上げられてしまった今は、〝力〟が使えない。自分の足で逃げるしかなかった。

幸いにも、途中で、ざあっと驟雨《しゅうう》がきた。これで少しは時が稼《かせ》げただろう。リーミンの匂いが雨に消されれば、狼の鼻でも追ってくることは困難になる。

あとは、あの獣がどれほどの〝力〟を持っているかだが、半神ではたいしたことはないはずだ。

森には忌々《いまいま》しくなるほど樹木が茂っていた。

細い枝が黄金の髪に絡み、こんもりと張り出した根に足を取られる。雨に濡れた葉や草が身体に触れるたびに、まとった長衣が濡れた。薄い布が貼《は》りついて不快だけれど、乾かすことさえできない。そのうえ湿った羊歯《しだ》類まで素足にまとわりつく。

気持ち悪さは最高潮に達していた。

どうして天の神である自分が、このように野蛮な地上で逃げまわらなければならないのか。

リーミンの怒りは、自分を地上に追い払った天帝ではなく、恐れを知らぬ高望みをした森の神にも向けられた。

獣のくせに、この身に触れ、己がものにしようとは、身の程知らずとしか言いようがない。

天帝カルフはそのうち怒りを解く。おぞましい欲望は受け入れがたい。腹にも据えかねた。

それでも正気にさえ戻ってくれれば、リーミンにとってよい父となるはずだ。

しかし、あの獣は別。

思い出しただけで胃の腑《ふ》が縮むような気がした。

爛々と光る青い瞳。びっしりと銀色の体毛に覆い尽くされた巨大な体軀《たいく》。剝き出しになった牙と赤く覗く長い舌。

あの醜い獣の姿で、よくも私に触れようとしたものだ。

変化できぬわけではなかろう。あの獣は、好きであんな異形の姿を保っているのだ。

いくら振り払っても、あの銀色の体毛が頰に触れた時の感触を思い出す。ぞくり、と震えがくるほどの忌《い》まわしさは、なかなか記憶から消えなかった。

あの時、一瞬にしろ、銀狼を美しいと思った自分にも腹が立つ。

リーミンは息を乱しながらも、吹き抜ける風のような速さで森の中を駆けた。

だが、神経にぴりっと触れた気配で、とっさにその足を止める。

なんだ？

まさか、人間か？

あの脆弱《ぜいじゃく》な生き物が、今はこのような場所まではびこっているのか……。

森はおぞましい大地の一部だ。しかしこの森は、あの獣の棲み処でもあった。

リーミンがどんなに嫌悪しようと、あの獣が神と呼ばれる存在であることは変えようのない事実だ。その神の領域まで人間どもが入り込んでいるとは、許しがたい暴挙だ。

「おのれ！」

低く吐き捨てたリーミンは、すぐに己を嘲笑《あざわら》った。

虫けらのように脆弱な生き物と、おぞましい異形の獣……どちらもどちらではないか。ましてや今は、自分とて大いなる〝力〟を失っている。

リーミンは駆けるのをやめ、樹木の陰に身を潜めて人間どもの様子を窺った。

三十人ほどいるだろうか。皆、革の胴衣をつけ、腰に剣、背中に弓と矢立てを背負っていた。中にひとり、他とは明らかに違う煌びやかな衣装の者がいる。

男は金茶色の髪を肩まで伸ばし、胴衣の代わりに幾重も布を重ねた上衣をつけていた。首から下げた飾りにはきれいな色の石がいくつも埋め込まれている。剣を吊《つ》るした革の腰帯にも銀や金の細工物がぶら下がっていた。

人間の年齢からすると、二十歳を少し超えたばかりの若者だ。他の人間どもは、皆、この若者を守るようにまわりを取り囲んでいる。この者が群れの長であることは明らかだった。

獣の群れならば、一番力の強い者が長となるものだ。しかし人間は長の血統も尊んで、それを守ろうとする。

そして他の獣とは違って衣服をまとい、装身具で身を飾り、果ては道具まで使いこなす。信じがたい話だが、人間どもは神を真似ようとしているのだ。

このまま人間どもが増え続ければ、いずれ天帝カルフの怒りに触れることになる。天帝の容赦のなさからすれば、地上から人間が一掃される日がくるのは確実だ。

だがそれも、リーミンにはどうでもいいことだった。

今はあの獣から逃げるのが先だ。

リーミンはすぐに立ち去るつもりで人間どもに背を向けた。

と、その時、黄金の髪がさわりと逆立つような感覚に襲われる。

再度振り返ると、違和感は、長の若者の腰から来ていたことがわかった。

人の目には見えない、神だけに感じ取れる光が射している。正確には、光を発しているのは剣の柄に埋め込まれた宝玉だった。

青の深淵《しんえん》に、かすかに交じる紅……夜明けの空のような色をした水晶……。

リーミンは思わず口元をほころばせた。

神の真似をしたがる人間――。

おおいにけっこうだ。でかした、と言ってやりたい。

失った水晶柱の代わりになるものが、あそこにある。

リーミンは下草をそよがせながら、ふわりと人間どもの前に姿を現した。

「うわっ！　な、何者だ？」

「あ、怪しい奴！　寄るな！　寄るな！」

「止まらんと斬《き》るぞっ！」

一歩近づくたびに、人間どもが喚《わめ》き散らす。

剣を構え、矢をつがえながら恫喝《どうかつ》してくるが、リーミンは歩調を変えずに前へと進んだ。

足音も立てず、まるで空中を滑るように近づいてくる者に、男たちはぞっとしたように眼を瞠る。

白く輝くような相貌に、さらりと背中に流れる黄金の髪。瞳は真昼の陽射しのように薄く溶けた金色。ほっそりした肢体にまとっている薄物の長衣も七色の輝きを放っている。

「と、止まれっ……そこで、止まれ……」

「ゆ、弓を……弓を引け……矢を、矢を放て！」

リーミンが近づくごとに、逞《たくま》しい身体つきをした男たちが下がっていく。嫋《たお》やかな美姫のような見かけであるにもかかわらず、男たちはその美しい姿に底知れぬ恐怖を感じ始めているのだ。

「うわあぁ――――っ！」

奇声を発した男がひとり、矢を射かけてきた。

リーミンはもう間近まで迫っている。どんなに技量のない者でも、的《まと》を外すはずもない距離だ。

ヒュン、と音を立てて矢が飛んでいく。

だが、その矢はリーミンの胸を素どおりして、後ろに立つ樹の太い幹に当たった。

「わっ！」

「うわぁ――っ」

男たちはいっせいに矢を放った。ヒュンヒュン虚空を震わせる音とともに、何十本もの矢がリーミンの胸を貫く。

しかし、そんなもので神を倒せるはずがない。男たちの矢はリーミンの長衣ですら裂くことがなかった。

「ば、化け物だっ！」

「お、王子！　早く、う、後ろにお退きください！」

「王子！　お逃げください！　王子！」

怒声は恐怖の叫びへと変わった。

矢が当たらぬと見て、男たちは腰の剣を引き抜きながら、主の元に走り寄った。そして大事な主を守ろうと、震えながらも剣を構える。

「わぁぁ――っ」

「た、助けてくれっ、わああ――っ！」

男たちはめちゃくちゃに剣を振りまわした。

だが、それも無駄なこと。阿鼻叫喚《あびきようかん》の中で、リーミンは邪魔な人間たちをひょいと手でつかんで押しのけた。

矢も刺さらない。剣でも斬れない。華奢な腕一本で何人もの男たちが薙ぎ倒される。

男たちは眦《まなじり》が裂けんばかりになっている。口をぱくぱくさせるだけで、もはや悲鳴ひとつ出さなかった。

美麗な衣装を着た人間の王子は、ぴくりとも動けなくなったかのように足をすくませている。

リーミンは整った顔立ちの王子にやわらかく微笑みかけた。そしてすっと手を差し伸べて王子の剣に触れる。

柄に埋め込まれた宝玉に、指が届いた瞬間——。

あたり一面に白い閃光が走った。

王子も他の男たちも一瞬で視力を失って硬直する。

白光が消え、ようやく視界が戻った時、リーミンの姿はもうそこにはなかった。

「……」

王子は呆然としたように自分の手と剣を見つめている。

恐ろしさで小刻みに震える手……ずしりと重みを増した剣……。

「……神だ……余《よ》に神が宿られたのか？　……おお、そうだ。身の内から力が漲ってくる。おお……なんという力だ。信じられない。……あれは神だった。神に間違いない。余に神が宿られたのだ！」

不安げだった王子の声が、最後には歓喜の叫びとなる。

人間の王子の言葉どおり、リーミンは王子の剣に宿っていた。

柄に塡《は》め込まれた宝玉から〝力〟を引き出し、剣そのものに意識も身体も同化させたのだ。

これで準備は整った。

森でこの人間たちを見かけた時は、不快感しか覚えなかった。

しかし、今は違う。よくぞ、この森の奥までやってきたと褒《ほ》めてやりたい。

たかだか人間の持ち物などでは、さほど大きな〝力〟は行使できない。けれども、それで充分だ。あの無礼な獣から逃げるぐらいはできるだろう。

剣の宝玉にこの身を宿らせたのは、我ながらいい考えだった。

あの銀色狼とて半神。人間ごときでは傷ひとつつけられないが、その武器に神であるこの身が宿っているとなれば、話は別だ。

もし、銀狼が無体なことを仕掛けてくるなら、我が身を宿らせた剣で切り裂いてやることもできる。

あとはこの王子に覚悟を決めさせるだけだ。

――人間よ、油断するな。今に悪《あ》しき者がここまでやってくる。おまえはこの剣で、その悪しき者を倒すのだ。

王子の剣と同化したリーミンは、持ち主の頭の中に直接声を響かせた。

この王子は意外に剛胆《ごうたん》で、一瞬びくりと硬直したものの、あとはさほど恐れることもなく、リーミンの支配に身を任せている。

そして、雄々しくもリーミンに問いを返してきた。

――神よ、その悪しき者とはなんのことだ？

――悪しき者は、巨大な狼の姿をしている。

――狼……？

――そうだ。悪しき者は、この森の神である銀狼。だが、王子よ、安心するがいい。人間が扱う武器では銀狼を倒せぬが、おまえの剣なら大丈夫だ。あれを八つ裂きにできる。

リーミンの言葉に、王子の心に不安が芽生えた。

神を倒せとは、どういうことだ？　いくら神が宿ったとはいえ、この身は人間にすぎぬ。神を傷つけ倒せば、あとはどうなる？

剣に宿った今は、持ち主である王子の心も筒抜けで感じ取ることができる。

リーミンは王子の不安を払うべく、再び思念を送り込んだ。

――案ずるな。銀狼を倒したとしてもおまえは元のままだ。どうにもならぬ。私はおまえの剣に宿った。だから森の神を殺すのは私だ。これは神と神との戦い。おまえはそれに力を貸すだけだ。

――神よ……。

――どうした、王子？　まだ不安か？

リーミンが宿った剣を手にした王子は、ぶるぶるっと身体を震わせた。そうして恐れを振り切ったのか、そのあとぎゅっと力強く剣を握りしめる。

リーミンは大声で笑いたくなった。

これであの獣は終わりだ。この私が自分自身であの者を始末してやる。

巨大な銀色狼の気配はすぐそこまで迫っていた。

†

リーミンの匂いを追いながら、レアンは森の中を疾駆《しっく》していた。

天上界でも高位にあったリーミンが、下界へ堕《お》とされたのだ。それだけでも衝撃だっただろう。そのうえ半神半獣の自分と番《つがい》にされるとなっては、逃げ出したくなるのも無理はない。

けれど、この千載一遇《せんざいいちぐう》の好機を逃すわけにはいかない。

美しき暁の神。

今までどれほど憧れてきただろうか。

子供の頃、湖の畔でまだ幼いリーミンを見かけて以来、レアンはずっとひと筋に願ってきた。

もう一度会わせてほしい。ひと目だけでも会いたいと――。

しかし、暁の幼児に会えたのは、あの時一度きりで、二度と姿を見ることは叶わなかった。天上界に君臨《くんりん》する神と、レアンのように下界で暮らす半神との間には、決して縮まらぬ身分の差という隔たりがある。

下界にある半神の身では、天上界へ赴くことすらままならない。

レアンが湖の女神の館を定期的に訪れることができていたのは、養い親が女神に仕える神子だったせいだ。それもせいぜい年に一度のことだ。

しかも、レアンに許されているのは、下働きの者たちが行き交う館の裏手にすぎない。そこから女神や暁の幼児を覗き見ることなど叶うはずもなかった。

そして、しばらくして、リーミンは天帝カルフの宮殿へと居を移してしまったのだ。

天帝の宮殿となれば、特別な許しがない限り、絶対に訪れることはできない。

それゆえ、どれほど焦がれようと、リーミンの姿を垣間《かいま》見ることさえできなかったのだ。

長い間の念願が叶っていざ宮殿へと出かけた時、レアンに訪れたのは信じられないほどの幸運だった。

迷い込んだ花園でリーミンを見かけ、あまりの美しさに心の臓が止まるかと思った。ろくに話もできなかったが、そのあと広間へ伺候《しこう》して、再び会うことができた。

そして運命の悪戯ともいうべき成り行きで、リーミンを番《つがい》にするよう命じられたのだ。

ようやく訪れた絶好の機会。しかも、望んだ以上、夢に見た以上の展開だ。

あのリーミンを番《つがい》にできる。

ひと目会うだけでもいい。

そう思ってきたリーミンを、自分のそばに置ける。

こんな好機は絶対に逃せない。この機会を逃せば、もう二度とリーミンに会えなくなるかもしれない。

長い間、焦がれ続けたリーミンが、自分のものになってくれるかもしれない機会を逃すわけにはいかなかった。

もし、このままリーミンを逃がしてしまえば、あとには空虚な日々しか残らないだろう。

だから、リーミンにどんなに嫌悪されようと、逃すつもりはなかった。

リーミンの匂いを追いつつ森を疾駆していたレアンは、濡れた鼻先をひくりと蠢《うごめ》かした。

結界内にまた人間が入り込んでいる。

森の外縁に来るのは許していた。

人間は森の中の豊かな食料を欲している。木の実や根を太らせた蔦《つた》。小鳥や小動物も狩って腹を満たすのだ。

強き者が弱きを狩って食らうは自然の摂理。この世を創造した原初の神がそう決めた。人間どももそれに従っているにすぎない。

それゆえ多少のことには目を瞑《つむ》ってきたのだ。

しかし、こうも頻繁《ひんぱん》に森の奥深くまで入り込んでくるようでは、考え直す必要が生じる。

結界をもっと強めて、人間を閉め出すか――。

そう考えた矢先、レアンはぴくりと両耳を立てた。

リーミンが人間どもの中に入っていった気配がする。

何をする気だ?

あんな弱き者どもでは助けにならぬ。無駄なことを……。

しかし、次の瞬間、森の中に白い閃光が走る。

レアンは低く身構えて唸《うな》り声を上げた。ふぁさり、とあたりの空気を裂くように、長い毛の尾を振り立てる。

敵。命知らずの人間どもだ。だが様子がおかしい。

身構えたレアンの前に、血相を変えた人間どもが姿を現した。

数は三十ほど。先頭を走ってくる男には見覚えがあった。近くの国の王子だ。人間どもの間では、勇敢な王子だと噂になっている男だった。

王子は宝剣を振り上げている。

その剣を目に留めたせつな、レアンは心中で舌打ちした。

まずい。リーミンはあの剣に宿っている。

水晶柱を封印されたというのに、どういうことだ?

そうか、剣の柄に塡め込まれた宝玉か。

レアンはさらに油断なく腰を落とした。

リーミンが宿っているなら、あの剣は自分の命を絶つ力を持っている。斬られれば肉が裂け、血が噴き出すだろう。

レアンはそう思いながらも、不思議な高揚感に包まれていた。心の底から迫《せ》り上がってくるのは、止めどない闘争心と歓喜だった。

あのリーミンが我が命を絶つというなら、それでもいい。

失うぐらいなら、リーミン自身がこの命を絶ってくれたほうがいい。

だが、この身を贄《にえ》としてリーミンを取り戻すことができたなら、その時は――。

†

巨大な銀狼は、四肢を踏ん張って腰を落とした。青く光る眼はひたりと獲物《えもの》をにらみつけている。少しの隙もなく、全身で身構えていた。

低い唸りを上げる裂けた口。中から覗いているのは鋭い牙だった。銀色に輝く長めの体毛は、怒りのために逆立っている。

――行け、王子！　行って、あの狼を倒せ！　おまえの剣には神である私が宿っている。

その剣でなら、あの狼を殺せる。あれを始末すれば、この森はおまえのものだ！

剣に宿ったリーミンは、大きく叫んだ。

ザザザッと力強い音を立てながら、人間の勇者が走りだす。王子を取り囲んでいた者たちも、恐れを振り払ってあとを追ってくる。

——王子、家来どもに矢を射かけさせろ。狼の注意を削《そ》ぐのだ。

リーミンの意思に王子が反応し、いっせいに弓が絞られる。

ばらばらと横殴りの雨のように飛ぶ矢は、すべて狼の身体を素どおりした。

けれど狼の隙を誘うにはそれで充分だった。

「はっ！」

王子が裂帛《れっぱく》の気合とともに、狼に飛びかかる。

すっ、と僅かな動きで剣が避けられた。

王子は怯まずに、連続して剣を突き出す。銀色の狼はそのたびに美しい毛をなびかせて、剣の軌跡をかいくぐった。

王子と銀狼の戦いとなって、まわりの兵は固唾をのんで見守る体勢になる。王子が近くにいては、もう矢は射かけられない。

狼がいつ攻撃に転じるか。鋭い牙が喉笛に食いつけば、王子の命は一瞬で消える。

だが狼は剣から逃げるだけで、なかなか攻撃を仕掛けてこない。

「わっ！」

王子が草に足を取られて地に転がる。

誰もがもう駄目だと目を瞑った。

しかし、不思議なことに狼はその時も王子に牙を向けなかった。それどころか、我が身を裂けといわんばかりに隙を見せつける。

「死ねっ！」

王子の剣は深々と狼の脇腹を貫いた。内臓まで達した傷口から真っ赤な血が噴き上がる。

「ぐっ、ううっ！」

血に染まった王子は懸命に剣を引き抜こうとしたが、その刹那《せつな》、狼が獰猛《どうもう》な唸り声を上げた。

狼は突き刺さった剣をそのままに、ぐいっと力任せに身体をひねった。王子は思わず剣から手を離し、勢い余ってどっと尻餅をつく。

狼は深手を負ったにもかかわらず、素早く身を翻した。

「待て！」

剣が深々と刺さったままで、狼が逃げていく。

「矢だ！　深手を負っている。矢で仕留めろ！」

王子の叱咤《しった》に、また矢が射かけられる。

ばらばらと飛んだ矢のうち何本かは確かに狼の背中に命中した。
しかし、それを最後に、森の神は忽然《こつぜん》と姿を消してしまったのだ。

リーミンは剣に宿ったままで狼に運ばれた。

レアンは脇腹に刺さった剣を途中で振り落とし、その後は口に咥えて森の奥まで駆け戻ったのだ。

柄の宝玉にしっかり牙を立てられていたので、リーミンは剣から出ることができなかった。

レアンが咥えた剣を落としたのは、森の最奥部まで戻ってからだ。

密生する樹木の中で、そこだけが円形に抜き取られたかのように草地となっている。

ぽとりと草の上に投げ出され、リーミンはようやく元の姿に戻った。

あれほど深く突き刺してやったというのに、しぶとい獣はまだ息をしている。

狼の皮膚を裂き、肉を深々と断った時の感触はよく覚えていた。内臓までしっかり抉ってやったのに、どうしてこの獣は死なない？

「おまえは不死身か？」

リーミンはレアンの青い眼をにらみつけながら、吐き出した。

「まさか。あなたに直接傷つけられたのです。お陰で身体はずたずただ」

確かに狼は尋常ではない量の血を流し続けている。草地に血溜《だ》まりができ、鼻をつく臭気がそこら中に満ちていた。

「まさか、わざと……わざと身を斬らせたのか？　私を捕らえるために？」

あの動きは、そうとしか考えられなかった。

「そうです。あの王子を咬《か》み殺せば、もしかしたら、あなたも傷つくかもしれないと思った。せっかく手に入れた番《つがい》だ。つまらぬことで失いたくはない」

銀色の狼は怒りを押し殺したように低い声を発する。

すっと一歩詰め寄られ、リーミンは心ならずも恐怖を覚えた。

「……ち、近寄るな……」

「そういうわけにはまいりません。あなたが森に慣れるまでは待とうと思っていたのですが、また逃げ出されては困ります」

「困るとはなんだ？」

「お忘れですか？　あなたは俺の番《つがい》となる身」

血まみれの狼は、平然とした調子で言う。

リーミンが逃げ出したことで、よほど怒っているのか、今までとは態度が違う。

高位の者に対する敬意、そして遠慮というものがまったく感じられなくなっていた。

「な、何をする気だ？」

リーミンは身を震わせながら、呻くように訊ねた。

間近に迫った狼は、長い舌を出してぺろりと自分の口を舐める。

隙間から鋭い牙が覗き、リーミンはぞっとなった。

血だらけの狼はそのあと頭上を仰ぎ、恐ろしい命令を下す。

「これは我が番《つがい》となる者。新床の用意をせよ」

リーミンがはっと硬直している間に、あたりの樹木がいっせいにざわめき始める。

パキッ、パキッと小気味のいい音を立てながら、不要な枝が折れた。折れた枝は落下せずに、宙を飛んで空き地の中の一カ所に積み上がっていく。

次には風もないのに大量の葉が枝を離れて舞い始めた。その葉がゆらゆらと落ちた先は、枝が形作った土台の上だ。やわらかな葉は、枝が見えなくなるまで降り積もり続けた。

最後の仕上げは蔦だった。幹に巻きついていた蔦がするりとほどけ、地を這って土台へと伸びていく。蔦は森中から這い寄ってくる勢いで、堆《うずたか》く積もった葉を平らに均《なら》しながら幾重にも巻きついていった。

リーミンは眉をひそめた。

瞬く間に出来上がったのは、どう見ても褥だ。

レアンはゆっくり歩いてリーミンをその褥まで追い立てる。

こんな獣に怯《おび》えるのは屈辱だが、逃げる隙はどこにもない。

とん、と前肢で胸を突かれ、リーミンの細い身体は否応なく、出来上がったばかりの褥に転がされた。

「くっ……」

やわらかで、適度に弾力がある。衝撃はさほどでもなかったが、屈辱は耐えがたい。だが、ほんの少しの辛抱だ。狼は深手を負っている。隙を見てまた逃げ出せばいい。うまくやれば、今度は追いついてこられないだろう。

リーミンが油断なくあたりに目を配っていると、レアンは、ふんと笑うように尾を一振りさせた。

「逃げ出さぬようにしておけ」

短い一言で、褥を形作っていた蔦の一部が音もなく先端を伸ばしてくる。

「やっ、やめろ」

言ったところで、森はレアンの命令しか聞かない。

蔦はさらに伸び、リーミンの手首と足首、四カ所同時に巻きついた。蔦は腰のあたりにも伸び、リーミンを拘束する枷《かせ》となったのだ。

「何をする気だ?」

「決まっているだろう。あなたは俺の番《つがい》として天帝が下された。ありがたくお受けするまでのこと。一度は逃がしてしまったが、二度目はない。しっかり番《つがい》の役目を果たしていただく」

「……っ」

リーミンは屈辱のあまり、ぷつりと皮膚が破れてしまうほど強く唇を噛《か》みしめた。

銀色の巨大な獣はゆったり歩を進めてくる。

思わず大きく身をよじったが、蔦がしっかり絡まって、枷からは逃げ出せなかった。

レアンは捕らえた獲物を満足げに眺めながら、褥のまわりをゆっくり三周した。そうしてふいに草地に座り込んだかと思うと、長い舌で自分の傷を舐め始める。

剣で深く抉れた腹は大量の血を噴き出した。だが、その血はすでに乾ききって、体毛にこびりついているだけだ。レアンはそれを丁寧に舐め取っているのだ。

森の中はしんと静まり返っていた。

けれども時折鳥が枝から飛び立ち、うるさいほどの羽音が聞こえる。それがやむと今度はびっしり生えた草むらから、虫の音が聞こえ始めた。

褥の上には木漏れ陽《こもれび》がさらさらと降り注いでいた。風が吹くと、重なり合った葉が心地のよい音を響かせ、それと同時に、リーミンの身体の上にできた小さな光の輪もゆらゆらと揺れた。

リーミンはじっと狼の動きを見守った。

番《つがい》にすると言ったからには、この獣は自分を襲う気だ。

しかし、レアンは変化しても男体だ。いったい、何をする気なのか……。

獣はリーミンの不安を感じ取ったかのように視線を上げる。のっそりと立ち上がったレアンを見て、リーミンはさらに恐怖を感じた。

そうだ。自分はこの獣を恐れている。

こんな、神とは名ばかりの存在に恐怖を感じている。

リーミンはゆるくかぶりを振った。

こんな者を恐れるとは、どうかしている。

確かに今は水晶柱を取り上げられて、〝力〟は使えない。それでもこの身は天上に棲む神だ。たとえ力でねじ伏せられても、誇りだけは失いたくない。

「獣の分際で、私を番《つがい》にするとは笑止。私は女体にはならない。それをどうやって番《つがい》にするというのだ？　それともおまえが女体に変化するか？」

嘲るように言ってのけると、銀の獣は、喉の奥でグルルと唸り声を上げる。

近づいてきた狼は、いきなり褥の上に飛び乗った。

巨大な狼の重みを受け、積み重ねられた枝がみしりと音を立てる。

「あなたはこんなに美しいのだ。天帝もずいぶん愛でられていた身体だ。もっとも、天帝はあなたを女体にして番《つがい》となさるおつもりだったようだが」

「あれは……」

実の父に犯されそうになった恥辱が蘇《よみがえ》り、思わず奥歯を噛みしめる。この獣には、あの時のあられもない姿を見られたのだ。

「ご心配には及びません。俺にはその身体で充分。いや、むしろそのままの姿でいていただいたほうがいい」

レアンはそう言って、頭を下げてきた。

「ま、待て！　何をする？　まさか……おまえは、まさか獣のままで……ひっ」

あとは声にならなかった。

狼の前肢がのしりとリーミンの肩を押さえ込む。鋭い鉤爪《かぎづめ》は隠しているが、のしかかられただけで脅威だった。

「このままでは、恐ろしいですか？　だが、こうなったのはあなたのせいだ。こうして狼の姿でいれば、剣で抉られた傷も癒《い》える。しかし男体に変化すれば、しばらくの間は身動きもままならない。せっかくの番《つがい》だ。見ているばかりではつまらん。早く味わわせてもらわないと」

皮肉っぽく言う狼に、リーミンは言葉もなかった。

すべては自分が招いた結果。

この獣はそう言ってリーミンを嘲笑っている。

かっと身の内から怒りが湧いた。

邪な欲望から、自分を下界に堕とした天帝にも恨《うら》みはあるが、この獣には純粋な怒りを感じる。

獣との間に生まれた神ともいえぬ存在。こんな賤しい者に侮《あなど》られるのは許しがたかった。たとえこの身を引き裂かれたとしても、恐れはしない。

絶対に、恐れはしない。

「私を味わいたいと言うなら、好きにするがいい。喉笛に咬みついて、この命も奪ってみればどうだ？　私は水晶柱を封印され、どうせ〝力〟は使えない。その牙で嬲《なぶ》り殺しにしたいなら、やってみるがいい」

リーミンは溢れた怒りをそのままに、激しい言葉をぶつけた。

けれど狼は余裕でリーミンの怒りを受け流す。

「あなたは感情によって目の色が変わる……陽射しが溶けたような色だったが、今は深く沈んだ宵の色になった。なんと、美しい……」

囁《ささや》くような言葉に、リーミンははっとなった。

じっと覗き込んでくる狼の瞳も真っ青で、とてもきれいな色だと初めて気づかされたのだ。

べったりついていた血糊《ちのり》が舐め取られ、傷はふさふさした体毛で隠されている。力強い曲線を描く体躯。銀色に煌めく長い毛は先のみが新雪のように真っ白だった。

狼はさらに頭を下げ、ぺろりとリーミンの頰をひと舐めする。

「……っ」

思わず横を向くと、今度は長い舌が首筋を這った。

顔を背《そむ》けるのが精一杯で、身体はよじることもできない。

次に狙《ねら》われたのは小さく形のいい耳だった。髪の生え際をねっとり舐められ、そのあと耳がぱくりと裂けた口の中に入る。

「くっ……」

恐怖で首をすくめると、やわらかな耳朶《じだ》が慎重に咥えられた。鋭い牙が肌の上を滑ると小刻みに身体が震える。

「んっ……ぅぅ」

リーミンがくぐもった呻きを漏らすと、狼はさらに顔中を舐めまわしてくる。唇から鼻へと長い舌を滑らされた時は鳥肌が立った。

「どこを舐めても甘い……極上の甘さだ」

抗弁しても無駄。そう悟ったリーミンは、再びぎりっと奥歯を噛みしめた。

狼はリーミンの顔を全部舐め終えると、また上から眺め下ろしてくる。

まとわりつく視線を我慢しているうちに、下肢のあたりでさわりと何かが蠢く感触がした。

リーミンを拘束していた蔦だ。

薄緑色の蔦は先端が細く産毛《うぶげ》のように白っぽくなっている。そのくるりと幾重にも巻きついた先端が、徐々にゆるんでくる。そして伸びきった先端は見る見るうちに太さを増し、途中で何度も枝分かれをくり返しながらさらに長く伸びていく。

腰を拘束する蔦は、あちこちから新たな茎《くき》を伸ばしていた。手首と足首の拘束からも何本も蔦が伸びている。

「あっ」

くにゃりとやわらかな蔦は、リーミンの身体全体に巻きつこうとしているかのようだ。足首の蔦は、素肌の上を這いながら、真っ直ぐ上に伸びてきた。腰のあたりには何本も集中して蔦が伸び始めている。

蔦は主人の狼と一緒にリーミンの肌を味わおうとしているかのようだ。

薄物の長衣は障害にならない。蔦の先端は細く、ほんの僅かな隙間から中に入り込んでくる。

ひんやりと湿った蔦が肌を這うたびに、ぞくりとなった。

胸まで伸びた先端が小さな痼《しこ》りの上に到達する。するりと蔦の先端が突起を掠めただけで、ざわりと全身に震えが走った。

「くっ……うぅ」

悲鳴を上げたくなるのを懸命に噛み殺す。

だが蔦の先端は、盛んに突起を刺激してぷっくりと勃《た》たせてしまう。その僅かな高みに白い繊毛《せんもう》が絡みつき、リーミンはとうとう高い声を放った。

「や、やめろっ」

蔦に覆われた胸からおかしな疼《うず》きが生まれ、身体中に伝わっていく。

胸に気を取られていると、今度は下肢の蔦が怪しい動きを始めた。

長衣の中を動きまわっていた先端が、中心にまで達していたのだ。下穿《したば》きの中を伝った蔦がリーミンの花芯を見つけ出し、嬉々として巻きついていく。

「ああっ……く、ふ……っ」

声は抑えようがなかった。

一番の弱みに絡みつかれてはもう抵抗しようもない。

蔦はすべてを心得ているかのように花芯に絡み、じわじわと締め上げていく。

「あっ、……あっ……ああっ」

どくりと血が集中していくのは、止めようがなかった。形を変えると新たな蔦まで花芯を嬲りにくる。

幾重にも巻きついた蔦は締めつけ具合に強弱をつけながら、さらにリーミンを駆り立てた。

「ああっ……く、うぅ……あっ」

身体のあちこちに蔦が這い、気持ち悪くて仕方ない。それなのにくにゅくにゅと嬲られれば、熱が溜まる。

いやらしい動きはいやでも快感を運んでくる。花芯は最大まで張りつめ、先端にもじわりと蜜が滲み始めた。

「やぁ……あっ、……っ」

また新しい蔦が伸び、蜜をこぼす先端に繊毛が貼りつく。ぐにゅりと音がしそうなほどの勢いで、その繊毛が太さを増し、中にまで潜り込もうとしている。

「いやっ、ああっ……っ」

リーミンは悲鳴のような声を上げながら仰《の》け反《ぞ》った。

いっぺんに欲望を噴き上げてしまいそうなほどに追いつめられる。

本当に中まで挿《はい》ってきたらと思うと恐怖も湧くのに、這いまわる蔦がもたらす快感からは逃れようがなかった。

「おい、ほどほどにしろ。この方は俺の番《つがい》だ。俺が一番に味わう」

蔦の暴虐を止めたのは、レアンだった。

リーミンは大きく胸を上下させながら、銀色の狼をにらみつける。

「こんな……ものにまで頼らねば、ならぬのか？」

蔦ごときで極めそうになったのは自分だったが、リーミンは精一杯腹立たしさをぶつけた。

「森に存在するものはすべて俺の手足となる。俺の気持ちにいち早く反応する。しかし、蔦だけで気持ちよくなられても困るしな。あなたの望みが俺自身に犯されることなら、いくらでも叶えて差し上げられる」

言葉尻を捉《とら》えておかしな宣言をされ、リーミンはさらに怒りに駆られた。

「な、にを……言う！　誰がおまえなどに！」

「くくっ……淫《みだ》らな姿をさらしながら、これほど気丈でいられるとは、さすがですね」

狼は馬鹿にしたように笑い始める。

三角の耳を持つ頭部を後ろに跳ね上げて、白い長毛で覆われた喉をさらす。ぴんと張った耳まで小刻みに震わせながら高笑する。

狼の姿を保っていても、仕草は神や人間とそっくりだ。

なおもにらみつけていると、高笑いを終えた狼が再び頭を下げてくる。

「あっ！」

いきなり薄物の長衣に牙を立てられて引き裂かれた。

あらわになったのは、白くなめらかな肌の上で赤く色づいた実だった。根元に繊毛を巻きつけられたせいで、ぷくりと勃ち上がっている。

レアンは引き裂いた布地を吐き出し、またのっしりとリーミンにのしかかってきた。

「ああっ、やめ……っ」

ぞろりと舐められたのは右の乳首だった。同時に左のそれは鋭い爪でくりっと先端を引っ掻かれる。

たったそれだけのことで、痺れるような疼きが湧き上がってくる。嬲られた先端は、刺激を受けてまたきゅっと硬くなった。

レアンは何度も左右の手順を変えて、リーミンを嬲り尽くす。胸を弄《いじ》られているだけなのに、花芯が痛くなるほど張りつめた。

「あぁぁっ……あ、ふっ…んっ」

狼の舌は胸を離れ、今度は下に滑ってくる。

乳首を爪で押さえ頭を下げた獣は、蔦の絡んだ花芯を咥え込んだ。

「ひ……っ」

裂けた口に花芯が全部のみ込まれ、息が止まる。

敏感な先端に牙が当たると、背筋を這い上がってきた恐怖でぶるりと腰が震えた。

ざらつく舌で花芯を根元からぞろりと舐め上げられる。

「あ、……ふっ、く……んんっ……ぅ」

舌は蜜をこぼす先端に留まった。すべてを舐め取ってもまだ満足しないように、小さな窪《くぼ》みの中まで舌の先端を潜り込まされ、押し広げられる。

主の動きに連動するように、蔦が再び蠢き始めた。

根元に絡んだ蔦がきゅっと締まると、じわりと新たな蜜が滲《にじ》む。それを狼の舌でこそげ取るように舐められる。

「んんっ、……ぅう……」

じっとりと全身に汗が滲み、リーミンは動けない身体で小刻みに悶《もだ》えた。

「甘い……こんなに甘いものを舐めるのは初めてだ」

「し、痴れ者《しもの》……っ」

叫んだとたん、また花芯が狼の口に埋没する。

咎《とが》めるようにやわらかな場所に牙を立てられて、リーミンはさらに身悶えた。

蔦の動きも激しくなり、何度も何度も根元から絞られる。狼の熱い舌が先端に巻きついて、溢れた蜜をじゅるっと吸われた。

ひときわ大きな快感の波に襲われ、リーミンはとうとう欲望を吐き出した。

「あ、あぁ……ぁ」

掠れた悲鳴を上げながら白濁《はくだく》を噴き上げる。

達した瞬間、まぶたの裏に閃光が走った。あまりにも大きな快感で意識が飛んでしまいそうになる。

狼は口中で受け止めた蜜液を、ごくりと喉を鳴らしてのみ込んだ。

「ひ、……くっ……うぅ」

蔦が最後の一滴まで絞り上げ、それも全部狼が舐め取ってしまう。

リーミンがようやく緊張を解いたのは、満足した狼の口が下腹から離れた時だった。

いくら気持ちがよくなっても、食いちぎられるかもしれないという恐怖があった。逃れられた安堵で、ふいに涙が滲んでくる。

こんな獣に犯されて、涙をこぼすなど誇りが許さない。

そうは思っても、いったんゆるんだ気持ちは元には戻らなかった。

「褥の形を変えろ。リーミン様に俺を受け入れていただく準備をする」

「え？　あ、ああっ」

リーミンがいったいなんの要求だと、訊き返そうと思った時、それは突然始まった。

褥が腰のあたりで急激に高さを増したのだ。

片方の手首、そして足は両方ともするりと拘束が解ける。けれど、あちこちから別の蔦が伸びて、リーミンの身体は無理やり俯せにさせられた。

「あっ、やめろ……っ」

思わず叫んでしまったのは、両足に蔦が絡んで大きく開かされたからだ。

そのうえ腹のあたりがますます盛り上がって、それと同時に、リーミンは腰だけ高く差し出す卑猥《ひわい》な格好をさせられる。

逃れようと思っても、いったんほどけた蔦が再び手首に絡みつき、身動ぐことさえできなくなった。

狼の前肢が剝き出しになった双丘に置かれ、リーミンはひくっと息をのんだ。

声を出す暇もなく、狭間《はざま》に熱く湿った息がかかる。やわらかな蹠球《しょうきゅう》でぐっと両方の尻が押され、そのあと左右にくいっと広げられた。

「んっ！」

あらわにされた蕾《つぼみ》から僅かに粘膜が覗く。外気に触れ、ふるりとそこが震えた。そして、ひんやりと湿り気を帯びた何かが蕾に押しつけられる。

ひくっひくっとかすかに動くそれに、リーミンは必死に首を巡らせた。

「な、何をしている？　やめろっ！」

「ここも甘い匂いがする。嗅いでいるだけで、達《い》きそうになる」

「やっ、いやだ！　やめろっ」

リーミンはぶるぶると身悶えた。狼は長く尖った鼻を狭間に押しつけ、盛んに匂いを嗅いでいたのだ。

こんもり盛り上がった褥の瘤《こぶ》に腹を預け、足を広げた四つん這いの体勢を取らされている。そのうえで局所の匂いを嗅がれているのだ。

膨れ上がった羞恥《しゅうち》と屈辱で、頭がおかしくなりそうだった。けれど、次の瞬間には鼻の代わりに狼の長い舌がそこに寄せられる。

「やあっ、いやだ……やあぁ――っ」

ぞろりと蕾を舐められて、リーミンは悲鳴を放った。

拘束された両手を握りしめ、かぶりを振って拒否するが、狼はしつこく何度も舌を這わせ始める。

舐められるたびに狼の唾液《だえき》が滴って、乾いた場所が潤っていく。蕾が徐々に綻《ほころ》んでくると、狼の舌はその中にまで潜り込んでこようとする。

「んんっ、や、……やめ……っ、は、離せ……んっ」

リーミンは舌の侵入を阻止《そし》しようと、必死に力を入れた。それでも何度も様子を窺うように舌先で突かれると緊張が解けてしまう。

「やっ、や、あぁ……んぅっ」

とうとう狼の長い舌が中に挿り込んだ。

濡らされた蕾は一度侵入を許すとあとはもうなし崩しで舌を受け入れていく。かなり奥まで挿った舌は、そのあとぬるりと壁を這い始める。

「い、いやだ……ああっ」

どんなに叫んでもいやらしい感触が抜けない。それどころか綻んだ蕾は舌の動きに合わせるように、勝手に収縮を始める。

「や……ん、……ぅぅ……ん」

何度も舐められているうちに、何か得体の知れない感覚がそこから迫り上がってくる。もぞもぞとたまらない気持ち悪さなのに、もっとどうにかしてほしくもなる。

「あ、んっ……ああっ、……ふ、くっ」

いつの間にかまた花芯が勃ち上がっていた。

腰を震わせるたびに、張りつめたものが蔦の褥で擦《こす》れ、堪えきれない愉悦《ゆえつ》が湧き上がる。

そのうえ、一度動きを止めていた蔦がまたするりと花芯に絡みついてきた。

「ああっ、あっ……うぅ……んあっ」

後孔を舌で嬲られながら、花芯にも刺激を加えられる。

いやだと思うのに、身体は否応なく高ぶらされる。

欲望が膨れ上がると、いやらしい舌の動きまで気持ちいいと感じてしまう。

「やあ……っく……も、もう……あぁっ」

リーミンは弓なりに背中を反らしながら、ひときわ高い声を放った。

尻を舐められながら達するのだけはいやだ。

どうしても、いや。

涙ながらに願っていると、唐突に狼の舌が抜き取られる。花芯に絡んでいる蔦はそのままだったが、リーミンは大きく息をついた。

「もう一度、前に返せ」

「え、……っ?」

今にも精を放ってしまいそうなところを放り出され、レアンの言葉の意味がわからなかった。だが、息をつく暇もなく、褥がざわざわとまた形を変え始める。

「やっ、何をする？　放せ！」

褥からいっせいに伸びてきた蔦はリーミンの身体に絡んできた。

まるで森の神の命令を聞くのが嬉しくてたまらないかのように、ぬるぬるさわさわ蠢いている。

腕といわず、足といわず、そこら中に絡みつく。触手のように動く蔦は、過敏になった胸の突起や花芯も擦り上げ、リーミンは激しく身悶えた。

「いやだ、やめろっ！」

絡まった蔦は薄赤く染まった身体を空中高く仰向けに吊り上げた。そうしてまるで森の神に捧げる生け贄のように、また静かに褥に降ろされる。

正面には銀の狼が四肢で立っていた。けれど、その間から覗くものを見て、リーミンは顔を引きつらせた。

股間で勃ち上がった巨大な杭《くい》。太い根元には狼の毛がびっしりと生えている。だが中央から先端にかけては、赤黒く濡れ光っていた。えらの張った亀頭が、獲物に食いつく隙を狙うように、上下に揺れている。

「あ……ぁ……あ……」

リーミンはふるふると首を左右に振りながら、狼が近づいてくるのを見つめた。

獣が使役《しえき》する蔦は、主のために、リーミンの両足を大きく開かせる。さらに一歩狼が近づくと、すっと腰まで前に差し出されてしまう。

森の神はリーミンの太腿の裏側に前肢を置き、熱く滾《たぎ》る股間を押しつけてきた。太い先端で、あらわにされた蕾が何度も擦られる。

「リーミン様、怖いですか？　だが、あなたの蕾も充分に熱くなっているようだ」

「いや……っ」

必死に拒絶しても、刺激を受けた蕾がひくりと動く。

狼はそれを待っていたかのように、ぐうっと太い肉茎をねじ込んできた。

「いやだっ！　い、挿《い》れるなっ！　ううぅっ、く、はっ……ぁぁ」

「リーミン様、力を抜いて……まだ半分も挿っていない」

「や、やめろ……っ、うぅ」

どんなに叫んでも、狼は容赦なく腰を進めてくる。

「さあ、もう少しです。これであなたと俺は番《つがい》になる」

囁くような声とともに、またぐうっと巨大な杭がこじ挿れられた。

「ううぅ……」

狭い場所を押し広げられる苦しさで、もう呻き声しか出なかった。涙が溢れ頬を伝って褥までこぼれ落ちる。

それでも許されず、狼の巨大な男根を根元まですべて咥え込まされた。

「リーミン様……苦しいですか？　でも、これで全部あなたの中に収まった。あなたはもう俺の番《つがい》。これで、俺のものになった」

「うっ……うぅ」

「あなたを番《つがい》にできて、俺がどれほど嬉しいか、わかりますか？」

リーミンは荒い息をつきながら、必死で首を左右に振った。

狼はふっと悲しげな目で見つめてきた。そして鋭い爪のある前肢で、宥《なだ》めるように黄金の髪を梳《す》き、濡れた鼻先を首筋に埋め込んでくる。

「いやだ……苦し……っ、頼むから、抜いて、くれっ」

ようやく声が出せるようになり、リーミンは切れ切れに訴えた。

ねじ込まれた杭で、狭い場所が無理やり広げられている。圧迫感がすごく、内臓が破けてしまうのではないかと恐ろしかった。

「申し訳ないですが、それは無理です、リーミン様。狼の肉茎は一度番《つが》ったら、子種を出すまでは外れない。俺のは少し様子が違いますが」

言い終えたレアンは、まるで贖罪《しょくざい》でもするように、リーミンの頬を舐めてくる。

リーミンは声もなく、苦しさに耐えていたが、そのうち内壁でひくりと何かが動く感覚があった。

「あ……あぁ……やっ」

埋め込まれた肉茎の形が変わり始めていた。瘤のような突起がいくつも生えてきたのだ。

それが内壁を圧迫すると、どうしようもない疼きに襲われる。

「リーミン様、そろそろよさそうですね。あとは気持ちよくなっていただきましょう」

太腿の裏にまた前肢を置かれ、狼がゆっくり腰を動かし始める。

「やっ、動くなっ！　ああっ」

「もう痛くないはずだ。あなたの中は俺を締めつけている。舐めた時も、達きそうになっておられたし」

「ち、違……っ、あああっ」

拒否しようと思った瞬間、またずくりと腰を動かされる。突起が敏感な場所を掠め、頭が真っ白になった。

仰け反って胸を突き出すと、狼のふさふさした体毛がぴたりと貼りつく。

「瘤がいいところに当たるようですね。もっと擦ってあげましょう。ここ、ですか？」

「いやっ、違う！　……ああっ！」

瘤でぐりっと同じ場所が擦り上げられる。

そこが源だった。そこに触れられると、それだけで極めてしまいそうになる。なのに狼は、その弱い場所ばかり狙ったように腰を使う。

「ああ、中の粘膜がいっせいに絡みついてくる。蕩けてしまいそうだ」

「やあぁっ……やっ、く、ふあ……っ」

擦り上げられるたびに、狂いそうなほど大きな快感に襲われた。ただでさえ熱くなっている身体が、火を噴いてしまいそうなほどに熱くなる。

「すごい、瞳の色が紅になった……きれいだ……なんと美しい……俺は果報者だな」

感嘆したような声とともに、また深みを突かれる。

苦しいのに気持ちがいい。太いものがぬかるんだ場所を何度も行き来して、そのたびに瘤が擦れて愉悦が噴き上がる。

「ああっ、あっ……あぁっ」

リーミンはひっきりなしに嬌声《きょうせい》を上げながら腰をくねらせた。ねじ込まれた歪《いびつ》な杭をさらに自分の壁で締めつけて、また悦楽の罠《わな》に捕まってしまう。

リーミンの身体を固定するだけで、しばらく大人しくしていた蔦も、またさわさわと動き始めた。

「いやっ、蔦が……やぁ……」

「こいつらもリーミン様を歓迎しているんです。俺と同じでもっと気持ちよくなってもらいたいと思っている」

張りつめた肉茎に蔦が絡みつき、胸の突起にもその繊毛が巻きついた。

蔦はさらに枝分かれして、うなじや耳や唇にも這い始める。

肌が粟立《あわだ》って、さらに敏感になった。もうどこに触れられても愉悦に襲われるばかりだ。

「気持ちいいんですね？」

「あぁ……あっ、んぅ……あ、くっ」

蔦はレアンの肉茎に沿い、とうとうリーミンの中まで伸びてくる。瘤で散々擦られた場所を、今度は細い繊毛でそろっと撫でられる。

強弱どちらがくるか予測もつかないのはたまらなかった。

身体の芯から大きく欲望が迫り上がってくる。

「ふっ、……くっ……達、くっ、あっ……あ」

だが、もう少しというところで、蔦がおかしな動きをする。

張りつめたものに絡みついた蔦が、蜜をこぼす窪みを狙っていた。最初は細い繊毛が濡れた先端に貼りついただけだったが、それは徐々に狭い管の中まで潜り込んでくる。

「やっ、や……そこ、やぁ……あっ、ふ」

ずるずると奥まで伸びた蔦はリーミンの欲望を吸い上げたかのように太く膨れた。

「やぁ……達かせて……達か……っ、ううっ」

「あなたの中に全部出す。これで、リーミン様は俺だけの、ものだ！」

レアンの動きが激しくなる。壊れてしまいそうなほど掻き混ぜられた。ひときわ強く瘤が擦れ、それと同時に、前を塞いでいた蔦がひゅるっと縮まる。

栓《せん》が外されたと同時に、熱いものが噴き上がった。

「あああ――――っ……」

達した瞬間また中のレアンを締めつける。

どくり、と熱い飛沫《しぶき》が大量に浴びせられた。

「リーミン様……リーミン……」

達した衝撃で頭を真っ白にさせていると、狼の声が響いてくる。

いつの間にか萵はすべて退いていたが、太い肉茎はまだひくりとリーミンの中で蠢いていた。

喉の奥に熱い塊《かたまり》ができて、ふいに涙が溢れる。

「い、達ったなら……も、もう放、せ……っ!」

リーミンは懸命に首を振った。けれど狼はまだ繋がりを解かず、前肢でリーミンの腰をかかえ込んでいる。

「リーミン様……」

「け、穢らわしい……っ、離れろっ! け、獣の姿で、獣の姿のままで、私を犯して……おまえなど、……おまえなど……っ……うぅ」

悦楽の熱は徐々に治まってきたが、感情が高ぶって涙が止まらなかった。

惨めだった。

神の〝力〟を取り上げられて、抵抗もできないのに、獣神ごときに犯されてしまったのだ。

何もかも、本当は自分が招いた結果だった。

天帝には媚《こ》びを売って、うまく気をそらせばよかったのだ。

狼だって、最初は優しく様子を見ているようだった。逃げ出したりせずに、こちらも優しくしてやれば、説得できたかもしれない。

獣の姿のままで犯されたのも、人間の王子を使って狼を傷つけたからだ。

何もかも、自分のせい。そう思うと、よけい惨めになって涙が止まらない。

「すみませんでした。あなたを傷つけ悲しませてしまった」

狼は低い声を放つと、ゆっくり楔《くさび》を引き抜いた。

どろりと大量に放たれた欲望もこぼれ出て、また気持ちが落ち込んでしまう。

「そんなに泣かないで……あなたに泣かれると、どうしていいかわからない」

狼は狼狽《ろうばい》しきったように言う。何故だか声の調子が変わった気がして、リーミンは涙で曇った目を開けた。

「あ……」

目の前に見たこともない若者がいた。銀色の髪をなびかせた逞しい若者だ。

狼が……レアンが変化したのだ。

真っ青な宝玉のような瞳は銀色狼だった時と変わらない。するりと腕が伸びて、そっと抱きしめられる。

レアンの温もりは、荒《すさ》んでいた気持ちをやわらげた。

そっと何度も黄金の髪を撫でられる。下界に堕とされた最初の時、狼の姿だったレアンもこんなふうに優しくしてくれた。

狼とは違ってすべすべの胸に身体を預けながら、そんなことを思い出しているうちに、リーミンは徐々に眠りの世界へと落ちていた。

† 銀狼の番《つがい》

目覚めた時、一瞬自分がどこにいるのか、わからなかった。

だが、身を横たえているのは、木と草と蔦でできた褥だ。

こんな粗末な寝床で眠っていたとは、不覚もいいところだ。

リーミンは細い眉をひそめたが、そのあとすぐに、自分の身に起きたことを思い出す。

下界に堕とされ、狼の番《つがい》にされた。

痴態《ちたい》の限りを尽くされたことまで鮮明に思い出し、あまりの屈辱で身体が震える。

こんな場所にはもう一瞬たりともいられない。

そう思ったリーミンは、素早く上体を起こした。

ふと気づくと、質素ではあるが、ちゃんとした家の中だった。昨日は褥の他に何もなかったのに、肌触りのいい上掛けも被《かぶ》せられている。

獣神が〝力〟を使ったのか……。これで機嫌を取ったつもりか……。

リーミンは皮肉っぽく思い、そこで肝心のレアンの姿がないことに気づいた。

気配すらも感じない。

とっさに逃げようかとも思ったが、リーミンはすぐに考えを改めた。

ここは狼の結界内。この褥や家も狼の一部だ。気配がしないからといっても、見張られていることに変わりはないだろう。

リーミンはゆっくり褥から抜け出した。

しかし、何かすることがあるわけでもなかった。

獣神の番《つがい》にされた事実は変わらないし、今は自力で天上に戻ることすらできない身だ。しばらくはこの下界で獣神と過ごしていかなければならないのだろう。

不思議なことに、そう覚悟を決めると、狼に対しても前ほど強い嫌悪は感じなかった。

無理やり番《つがい》にされたことを除けば、獣神はリーミンを優しく扱っていると思う。この家を用意したこともその表れだろう。

ぼんやりしたまま時を過ごしているうちに、少し空腹を感じた。

するとリーミンの気持ちを察したように、家の中で何か物音がする。

つられて隣の部屋まで足を運ぶと、木製の卓子に湯気の立つ料理が載っていた。

誰の姿もないところを見ると、これも獣神が〝力〟を使って作り出したものだろう。

リーミンは卓子について、用意された料理を食べた。

天上の宮殿で供されるものとは比べるべくもない。だが、温かな汁物を口にすると、ささくれた気分が少しはよくなる。

そのあとは家のまわりも散策した。

やはり家は昨日の空き地に建てられていた。ひときわ太い幹を持つ樹があって、その根元に、きれいに血糊を拭《ぬぐ》われた剣が突き刺さっていた。柄には宝玉が塡まったままだ。

わざわざ目立つところに置いてあるのは、リーミンが〝力〟を使うことを許しているつもりなのか。

皮肉っぽく思ったリーミンは肩をすくめた。

確かにこの宝玉を使えば、天上に戻るぐらいならなんとかなるだろう。

けれど、戻ってどうするのかとなれば、すぐにはいい考えも浮かばない。

水晶柱を取り戻すには天帝の許しがいる。そして天帝は、また自分を妻にすると言いだすかもしれない。

リーミンはふうっとため息をついた。

幼い頃は天帝の息子として生まれたことに誇りを持っていた。

しかし天帝は自分という子供を疎んじ、母である湖の女神は、天帝が訪れるたびに、自分を館から遠ざけた。

母は輝くような美しさを持っていたが、心根は冷たい女神だった。

リーミンには抱きしめられた記憶もない。顔を合わせれば、あなたは天帝の子なのだから、誇りを持ちなさいと言われるばかり。他に優しい言葉をかけてもらったことはない。

夫が訪れるたびにリーミンを遠ざけたのは、もしかしたら、天帝の多情を案じてのことだったかもしれない。

長じたのち、宮殿から迎えが来て、どんなに嬉しかったか。

天帝は涙まで流してリーミンを抱きしめ、今まで放っておいて悪かったと心から謝ってくれたのだ。

父の名に恥《は》じない立派な神になる。

あの時は本当に心からそう願っていた。

特別な者しか棲むことを許されない天上の宮殿。何もかもが輝いている場所に迎えられたことを、どれほど誇りに思ったことか。

しかし、その輝きは案外早く光を失った。

宮殿内ではしょっちゅう派閥争いが起き、誰もが天帝の顔色を窺って一喜一憂するのみだ。

その天帝は、リーミンを猫可愛がりするばかりで、東方との戦に伴うこともない。

兄たちにも、取るに足らぬ存在だと冷ややかな目で見られ、あげくの果てに、天帝のあの暴挙……。

最初は下界に堕とされた屈辱だけで頭がいっぱいだったが、天上界とて、夢のような場所ではないのだ。

大地に突き刺さった剣を横目に、リーミンは家の中へと戻った。そして、所在なく獣神を待つ。

しかし、その日遅くなっても、その次の朝が来ても、獣神はふっつりと姿を現さなかったのだ。

レアンはどこで、何をしているのか？

森の神の心を知る樹木や草に訊ねてみても、彼らの答えを理解することはできない。衣食は満たされていたが、徐々に不安が芽生えてくる。

そして、事件は三日目の午後に起きた。

家の中でぼんやりしていると、唐突に森がざわめき始めたのだ。

様子を見に、外に出たとたん、リーミンは緊張した。

大勢の足音と話し声……人間だ。それも百人はいるだろう。

何かよくない予感がして、リーミンは眉をひそめた。

獣神はどこだ？

こんなところまで人間どもに立ち入らせるとは、結界も張っていないのだろうか？

木立の中に身を隠して見ていると、人間どもは盛んに何かを探している様子だ。中にはあの時の王子と家来も交じっていた。

いったい何が目的なのか。

だが、次の瞬間、リーミンは息をのんだ。

人間どもの前にいきなり獣神が姿を現したのだ。しかしレアンは、狼の姿ではなく男体だ。

「あの傷！」

リーミンは背筋がぞっとなった。

若者の姿をしたレアンは白の質素な服を着ていた。その脇腹から背中にかけて上衣が真っ赤な血に染まっている。リーミンが剣となって抉った傷が原因だ。

何故、治っていない？

あの時はもう傷が塞がりかけていたのに……。

「あっ」

リーミンは思わず両手で自分の口を塞いだ。

変化しているからだ。銀色狼ならとっくに塞がったはずの傷が、人の形をとっているから、いや、きっと変化を続けていたから治っていない。

どうしてだ？　ずっと自分には姿を見せていなかったのに、どうしてだ？

リーミンはわけがわからず、眉をひそめるだけだった。

そのうち、人間どもがレアンに気づき、いっせいに怒声を上げる。

「誰だっ？」

「怪しい奴め！」

「我は森の神。ここは人間の来るところではない。早くここから立ち去れ」

深手を負っているにもかかわらず、威圧感に満ちた声があたりに響き渡る。

だが、強《したた》かな人間は、眇《すが》めた目でじろじろとレアンを眺めまわした。

巨大な狼の姿なら恐れもしようが、今のレアンはただの人間とそう変わりない。しかも、深い傷を負っているのは誰の目にも明らかだった。

人間どもは、レアンを恐るるに足らぬと侮って、囃《はや》し立てる。

「王子、こいつ、森の神だって言ってますぜ。けっ、そんな格好で信じられるか」

「だいたい森の神は悪い奴だって、あの時の神様が言ってたんだ。とても信じられないが、王子、ついでだから、こいつ、殺《や》ってしまいましょう」

人間どもは恐れげもなく、レアンを取り囲んだ。

「即刻ここから去れ」

レアンは静かにくり返しただけだ。

無礼にも、人間どもはいっそう殺意を募らせるばかりだった。

「はっ、おまえが森の神だとしても、どうということはない。さっさと始末すればいい。この森への出入りも自由になっていいこと尽くしだ」

「王子、早くご命令を！」

人間どもは剣や槍《やり》を構えて、レアンに迫る。

リーミンは気が気ではなかった。銀色狼など好きではない。自分を無理やり犯すような真似をした者を許すわけにはいかない。

けれど、それ以上に腹立たしいのはレアンを侮る人間どもだった。

神から見れば、惰弱《ぜいじやく》な人間と虫けらにはなんら違いがない。

少なくともレアンは半神だ。人間どもに侮られてよい存在ではない。

だが、惰弱な人間は群れを成している。いくらここがレアンの結界内でも、あんな大勢に、一挙に攻められては無事ではすまないだろう。

それどころか、レアンは今大きな傷を負っている。

しかも、狼の姿さえ取っていない。

「レアン、何をしている？　早く変化しろ！」

思わず叫んだ瞬間、人間どもはいっせいにレアンに襲いかかった。

矢が何本も放たれて、レアンの身体に突き刺さる。けれどレアンは痛みなど感じないかのように、堂々と前へ進んでいく。

レアンはどこからともなく飛んできた硬い木の枝を手にした。剣や槍を振りかざしてくる敵をその枝で順に薙ぎ払っていく。

しかし、相手は百人もの人間だ。どんなにレアンが強くとも、そのうち力尽きてしまうのは目に見えていた。

白い上衣を染める血は、ますます広がっていく。

駄目だ！

やめろ！　それは私の番《つがい》だ！

絶対に殺させはしない！

胸の奥底から突然噴き上げてきた憤怒で、リーミンの黄金の髪は逆立ち瞳は宵の色に変わった。

高く手を翳して念じると、びりっと森の空気を引き裂いて硬いものが飛んでくる。

大樹の根元に突き刺してあった宝剣だった。リーミンがそれを手に取った瞬間、あたりに真っ白な閃光が走る。

「うわ――っ！」

リーミンは奇声を上げた人間どもの前に、優雅に躍《おど》り出た。レアンに斬りかかる三人を、剣を一閃《いっせん》させて追い払う。

「リーミン様！　ここは危ない！　下がってください！」

リーミンに気づいたレアンが必死に叫ぶ。

「おまえこそ、そんな傷で何ができる？　下がっていろ！」

リーミンは顔色を変えたレアンを鋭く一喝した。

そして、人間どもに向かって静かに歩み始めた。

元は人間の王子のものであった剣を高く掲げると、眩しい光が発する。その白い光は瞬く間にリーミン自身をも包み込んだ。

黄金の髪をなびかせた美神は、ただそこに立っているだけで人間どもを圧倒する。

この世にあるはずのない超常的な存在。

まさしく神である者の出現に、人間どもはあっけなく戦意を喪失した。

リーミンが一歩進むごとに兵の固まりがばらけ、皆が恐れをなして我先にと逃げていく。

「……神……」

辛うじて踏《ふ》み留まっていたのは王子ひとりだった。

信じられないように眦を開き、全身を硬直させて、そこに立っている。

「探していたのはこの剣か？」

リーミンが剣の柄を向けて差し出すと、王子はまるで操り人形のように、こくりと首を縦に振った。

「ならば、これを持っていけ。そして二度とここに近寄るな。ここは神の棲み処ゆえ」

剣を握らされても、王子はまだ呆然としたように立ち尽くしている。

「去れ、王子。それは神が宿った剣。それを持ってすぐに立ち去れ！」

リーミンが再度たたみかけると、王子は弾かれたように背を向けて走りだした。

森にはすぐに静寂が戻ってきた。

リーミンはため息をつきながら、レアンに向き直った。

銀の髪をした獣神の身体には矢が何本も突き刺さっていた。それをレアンは無言で引き抜いている。

「何故、そんな姿でいる？　おまえは馬鹿か？」

呆れたように問うと、銀の髪の若者は何故だか都合が悪そうに横を向いた。

「狼は嫌いなのでしょう」

ぼそりを呟《つぶや》かれた言葉に、リーミンは眉をひそめた。

嫌いだから、なんだと言うのだ？

まさか、自分が狼を嫌いだから、人間どもの前でも変化しなかったとでも言いたいのか？

信じられないことだけれど、レアンのぼろぼろの姿を見れば、それが正解のようだ。

しかし、それでも説明のつかないことがある。

「確かに私は狼など嫌いだと言った。だが、おまえの傷は何故、治っていない？　狼のままでいれば、傷などすぐに治る。おまえはそう言っていたはずだ。私の前に姿を現さなかったのは、傷を治しているからじゃなかったのか？」

リーミンは真っ向からレアンを問いつめた。

傷だらけの身体で立つレアンは、つらそうに青い目を眇める。

そして懸命にリーミンを見つめながら、苦しげに口を開いた。

「いくら姿を隠していても、万一ということがある。それにあなたが嫌いなら、もう二度と狼の姿には戻らなくてもいいと思った」

信じられない言葉に、リーミンは虚を突かれた。

自分を番《つがい》にすると無理やり抱いた時は、あんなにも不遜《ふそん》な態度を見せていたのに、今のレアンはまるで叱《しか》られた子供のようだ。神子のカーデマでさえ、こんなに情けない顔を見せたことはない。

かなり無理をしているのだろう。端整な若者の顔は青ざめていた。唇にも色がなく、乾ききっている。

リーミンは内心で深いため息をついた。

けれども、胸の奥で何か不思議な感覚が芽生える。つかみどころがなく、もやもやとしているが、それは決していやな感じのものではない。むしろじわりとした温かさが隅々まで広がっていくように心地のいい感覚だった。

この情けない半神は、己の命をも顧《かえり》みず、自分に尽くそうとしている。

それは、リーミンを大切にするためか、それとも、己の番《つがい》となった者には常にそうするのが種族としての習わしなのか……。

いずれにせよ、今の自分にはこの狼が必要だ。それに、最初はあれほど感じた嫌悪もどこかへ消え失せている。

ならば、この場でやるべきことはひとつしかない。

リーミンはすっとレアンの前に立ち、青ざめた顔を両手で挟んだ。

ぎょっとしたようにあとずさろうとしたのを許さず、ぐっとレアンの顔を自分のほうに引き寄せる。

リーミンは軽く、蝶《ちょう》の羽が触れるかのように、そっと若者の唇に口づけた。

それがレアンとの初めての口づけだった。

「傷を治すまでは狼の姿でいろ」

高圧的に命じると、レアンが不審げに眉をひそめる。

リーミンはやわらかく微笑みながら、言葉を続けた。

「私を番《つがい》にしたくせに、すぐに死なれては困るだろう」

レアンは信じられないといったように青い目を見開いた。

そして次の瞬間には、きつくリーミンの身体を抱きしめてくる。

「リーミン様……」

呻くように名を呼んだあと、今度はレアンのほうがリーミンの口を塞いだ。

†

森は心地よいざわめきに包まれていた。

風がとおるたびにさわさわと揺れる葉。羽音を響かせて舞う小鳥。それが枝に留まれば、次には楽しげな囀《さえず》りが聞こえてくる。

下草を揺らして進む小さな獣。草の根に潜んで鳴き声を上げる虫。

樹木の枝をとおり抜けた陽射しは、金色の丸い光となって森中に満ちていた。

森の真ん中にはぽっかりと空いた平地が広がっている。そこには今、色とりどりの花が咲き誇っていた。

リーミンはその花園を褥として、うとうとと微睡んでいた。

森の神に番《つがい》とされて、いく日かが経った。

水晶柱を奪われ、今はなんの〝力〟もないが、こうして花の中で午睡を楽しめるなら、天上の宮殿にあった時となんら変わりはない。

レアンは、人間が二度と迷い込まないように、森の結界を強めた。だから、ここにはリーミンの眠りを妨げる者は誰ひとりとしていなかった。

夜は森の神に抱かれ、恐ろしいほどの快楽を味わい尽くしている。

最初に獣の姿のままで襲われてさえ、悦楽を貪《むさぼ》った。だから男体を取るレアンに抱かれるのは、少しもいやではなかった。

リーミンの身体には、好色な天帝の血が流れている。それゆえ快楽には特別弱いのかもしれない。レアンは夜ごとリーミンを抱き、身の内に潜む快感を巧《たく》みに引き出す。

あられもない声を上げ、痴態の限りを尽くそうと、レアンは決してリーミンを離そうとせず、さらなる愉悦を与えようとする。

とにかく毎夜そのような調子なので、リーミンにとって午後の微睡みは欠かせないものとなっていたのだ。

しかし、気持ちよく午睡を楽しんでいる最中に、突然やかましい声が割り込んでくる。

「リーミン様！　リーミン様！　この無礼な狼、なんとかしてくださいませ」

キンキンと頭に響く声を立てたのは、神子のカーデマだった。

リーミンは眉をひそめ、花の褥からゆっくり上体を起こした。

「そちらにおいででしたか。すみません、午睡のお邪魔をして」

そう声をかけてきたのは、人形を取るレアンだった。

狼の体毛と同じ、銀色の髪を無造作に肩先まで伸ばし、双眸も同じく澄みきった青だ。

レアンはなんの飾り気もない白の上衣を着て、革紐《かわひも》で腰を結んでいる。半神とはいえ、それぐらいの〝力〟はあるのに、身を飾る気はないらしい。

とはいえ、レアンの容姿はそう見苦しいものではない。むしろ、美麗に着飾った者どもよりも好感が持てるぐらいだ。

顔立ちもすっきり整っているし、精悍《せいかん》な力強さも漂わせている。真っ直ぐな眉や高い鼻筋、唇の形も好ましい。銀狼に変化した時は、巨大で恐れを覚えるほどだが、人形のレアンには無駄な肉などいっさいついておらず、しなやかな長身を誇っていた。

最初に番《つがい》にされた時こそ傲慢《ごうまん》な一面を見せていたが、その後のレアンは忠実に尽くしてくれる。リーミンを高位の神として敬っているが、卑屈な態度を見せるわけでもない。

そこまで思ってリーミンは、自分のことがおかしくなった。

下界に堕とされてさほど経ってもいないというのに、ずいぶんな変わりようだ。

以前は半神など完全に見下していたというのに、好ましく思うなど、自分で自分が信じられないほどだ。

リーミンはレアンを見上げ、ふわりと微笑んだ。

けれども、そこで再びやかましい声がかかる。

「リーミン様！　もお、この半神に言ってやってください！」

「カーデマか……」

レアンに首筋をつかまれ、四肢をばたつかせているのは、猫に変化したカーデマだった。

水晶柱を取り上げられる前に、リーミンが変化させたのだが、その後誰も術を解いてくれなかったらしい。

「リーミン様、私を早く元の姿に戻してくださいませ。じゃないと、この狼はいつまでもこのように私の首をつかんで放しません」

情けない声を出したカーデマに、リーミンはくすりと笑った。

「レアン、その子を放してやれ」

そう命じた直後、レアンはぱっとカーデマの首を離した。

猫の姿になっているカーデマは、相当な高さをものともせずに、軽やかに着地する。

そうしてカーデマはリーミンの足元に躙《にじ》り寄ってきた。

「リーミン様、どうしていらっしゃるか案じておりました。早く私を」

「カーデマ、今の私にはその〝力〟がない。おまえはしばらくそのままだ。諦《あきら》めろ」

冷ややかに伝えると、カーデマはぶわっと長い尻尾を膨らます。

「な、なんとおっしゃいましたか？」

「水晶柱を奪われた。だから〝力〟は使えない」

再度言い聞かせると、カーデマは啞然としたように黙り込む。

膨らました尻尾は、ものの見事に萎《しぼ》んでしまい、だらりと力なく垂れ下がる。

「ひどいです。リーミン様……ぼくをこんな姿のままにしておいて……」

「レアンがおまえを連れてきたのか？」

「そうですよ。この狼の奴、ぼくは下界になんか行きたくないって言ったのに、無理やりリーミン様のところへ連れてくって……なのに、リーミン様は〝力〟も使えないなんて」

「仕方がないだろう」

「どうして、天帝に逆らったりなさったんですかっ。天帝のおっしゃるようになさっておけば、こんな下界に堕とされることもなかったのに！」

興奮気味に訴える猫のカーデマに、リーミンはすっと目を細めた。

失言に気づいたらしいカーデマが、びくっと首をすくめる。次の瞬間には、だっとその場から逃げ出していく。

普段なら、カーデマを即刻虫けらにでも変化させてやると思うところだが、今のリーミンは不思議と寛容《かんよう》だった。

「レアン、おまえがわざわざ天上界へ行ったのは、カーデマを連れてくるためか？　猫のままでは役にも立たぬのに？」

リーミンはそう訊ねつつ、ごく自然に自分の片手を差し伸べる。

レアンはそれと心得てリーミンの手を取り、花の褥から立ち上がるのを助けた。

正面から向かい合うと、レアンの顔を見上げる形になる。

だが、レアンの物言いは相変わらず丁寧だった。

「あの神子はリーミン様のお慰めになればと思って、連れてきました」

「慰めなど、必要とはしない」

リーミンはにべもなく言いきる。

レアンにまで同情的な目で見られるのは我慢がならなかった。

「水晶柱もお返しいただけるよう、お願いしてはみたのですが……」

沈んだ声を出すレアンに、リーミンは皮肉っぽく息をついた。

「話を聞いてもらえなかったか、それとも追い返されたか……」

下界に棲む半神に対する偏見は、半端ないはずだ。

そういう自分だって、天上界にあった時は、獣神と対等に口をきくなどあり得ないと思っていた。

「お力になれず、申し訳ありません」

レアンは心底すまなさそうに頭を下げる。

「別に……おまえが悪いわけではない」

リーミンはそう答えるしかなかった。

もともとの問題は、父である天帝とリーミンとの間にある。公正に見れば、レアンはその争いに巻き込まれただけだ。

だが、レアンはリーミンを番《つがい》にしろという命令に嬉々として従った。

――アーラムの神々の中でも、もっとも美しきお方……遠くからでも、麗しいお姿を拝することができればと、望んでおりましたが……。

最初に会った時、レアンはそんなことを言っていた。

通り一遍の世辞だとばかり思っていたが、他にも何かあったのだろうか。

自分がどのような容貌か、どれほど賛美される存在か。そんなことは重々承知している。

子供の頃から、出会った者すべてに褒めそやされてきたのだ。崇拝者はあとを絶たず、湖の館でもリーミンは常に大勢に囲まれていた。

天帝の宮殿に上がってからも同じこと。父であるカルフですら、あの調子で自分を賛美した。

だが、本当のところ、レアンはどう思っていたのだろうか。

皆に賛美される神を番《つがい》にできるのは大変に名誉なこと。自尊心を大いに満足させられる。それのみで、喜んでいるのだろうか？

リーミンはよけいなことばかりが気になって、ゆるく首を振った。

「リーミン様、しばしお待ちいただけますか？　差し上げたいものがあるので、採りに行ってきます。すぐに戻りますから」

「ああ……」

リーミンが曖昧《あいまい》に頷《うなず》くと、レアンはふわりと微笑む。

温かく、すべてを包み込むような笑顔に、リーミンはどきりとなった。

そして、レアンはすぐに背中を見せて走りだす。

樹木の隙間に飛び込む頃、若者の姿は巨大な銀色狼へと変化していた。

†

しばらく待っても、カーデマは戻ってこない。

リーミンは所在なく、その辺を歩きまわった。

芳《かんば》しい花の香りに囲まれているのは好きだ。小鳥の囀りも耳に心地いい。

今まで散々馬鹿にしてきた下界だけれど、銀狼の森はそう悪くはなかった。

居心地よく感じるのは、宮殿の者たちの視線がないからだろうか。

天帝の子として生まれ、さらに際立つ〝力〟も持っているとのことで、リーミンは注目を浴び続けていた。

常にまとわりついていた視線がここにはない。それだけで、これほど伸びやかでいられるとは驚きだった。

「そういえば、レアンも帰ってこない……すぐに戻ると言っていたのに……」

そこらを歩きまわるのにも飽き、リーミンは小さく呟いた。

その声が聞こえたかのように、木々のざわめきが強くなる。

待つほどもなく姿を現したのは、人形に戻ったレアンだった。片手で籠をかかえ、飛ぶような速さで近づいてくる。

リーミンは思わず微笑んだ。しかし、すぐに表情を引きしめて、冷ややかな声を放つ。

「遅かったな」

この森に来てから、どうも調子が狂ってしまう。

当分の間、レアンに頼るしかないのは事実だが、べたべたした関係になりたいわけではなかった。媚びを売るがごとく優しい言葉も必要ない。

しかし、レアンのほうはリーミンの葛藤《かっとう》など気づきもせずに、謝ってくる。

「申し訳ありませんでした。これを採りに行ってきたのです。リーミン様もこれが、お好きでしょう？」

レアンはそう言って、籠の中から赤い果実を取り出す。

「なんだ、それは？」

「林檎です。そろそろ最初の実が熟す頃だと思って……。きっと甘いですよ。召し上がりませんか、リーミン様？」

林檎の実を差し出しながら、レアンはにこやかな笑みを見せた。

遠い昔に、これと同じようなやり取りがあったような気がする。

「さあ、ここにかけてください」

レアンの声に反応して、あたりの草花がざわめきだす。森の中からするすると蔦が伸びてきて、瞬く間に腰かけるのにちょうどよい高さの長椅子《ながいす》が出現した。

蔦が伸びてきたことで、リーミンは一瞬びくりとなったが、レアンに宥めるように肩を抱かれる。

「大丈夫です。何もしませんから」

蔦に散々嬲られた一件を思い出し、怯えたことを見抜かれていた。

しかも、それを子供のように宥められる。

あってはならないことだ。

「私がどうしたというのだ？　ここに座ればいいのだろう？」

リーミンはそう吐き捨てつつ、蔦でできた椅子に腰を下ろした。

レアンはほっと息をつきながら、隣に座る。

そこで改めて、林檎の実を差し出された。

「このまま食べろというのか？」

「はい、かぶりついて食べるのが一番美味いです」

そこまで断言されれば、受け取るしかない。

けれども、林檎を手にしつつ、リーミンはまた遥かな過去の光景を思い浮かべていた。

そうだ。やはり、これと同じような赤い果実を手にしたことがある。

歯を立ててかぶりついたら、口中に甘さが広がった。

あれは、誰がくれたものだったか……。

湖の館にいた頃だ。父が訪ねてきたのに会えなくて、寂しくてたまらなかった。

湖の対岸でこっそり泣いてしまったことを覚えている。

そしたら、貧しそうな格好をした者が、林檎をくれたのだ。

「おまえか……レアン……。あの時、私に林檎を食べさせたのは、おまえか？」

リーミンは林檎を手にしたままで、身を震わせた。

あれはまだ幼かったから――。

そんな言い訳はとおらない。

父や母が恋しくて泣いていたところを見られたのだ。あの時感じた屈辱が、まざまざと蘇ってくる。

「レアン、おまえは私を見くびっているのか？　こんなもので懐柔《かいじゅう》しようとは」

「リーミン様？」

いきなり冷ややかになったせいで、レアンが怪訝《けげん》そうな顔になる。

リーミンはすっと立ち上がり、そのレアンの手に林檎を突っ返した。

「林檎などいらぬ！」

「リーミン様、急にどうされたのです？」

レアンも驚いたように席を立つ。

「おまえは私を可哀想な子供とでも思ったか？　〝力〟を封印され、私は半神のおまえにも勝てぬ。おまえの暴虐を止めることすらできなかった。だが、私に同情することは絶対に許さない！」

リーミンは唇を震わせ宵色の瞳でにらみつけた。

悔しさと惨めさが込み上げるが、それ以上に大きかったのは怒りだ。

今の自分には何もない。このうえ誇りさえ失ったら、何が残るというのだ？　どんなに踏み躙られようと、自分が高位の神であるとの矜持《きょうじ》を保っていたからこそ、平気な顔をしていられたのだ。

「リーミン様、お待ちください！　無理やりあなたを抱いたことは幾重にもお詫《わ》びします。でも、あの時はああするより他に道がなかった！」

「醜い狼の姿で私を抱いたおまえが、よくも言ったものだ」

氷のように冷ややかな言葉を投げつけると、レアンが苦しげに顔を歪める。

だが、次の瞬間、レアンはどっと両膝を地につけた。そして持っていた籠を放り出し、リーミンの腰を掻き抱く。

転がっていく果実を見ながら、リーミンは喘ぐような声を出した。

「な、なんの真似だ？」

「お聞きください、リーミン様。湖の畔で幼かったあなたにお会いして以来、俺は一刻たりとも、あなたを想わなかったことはなかった。もう一度お会いしたい。それだけを願ってきたのです。しかし、賤しい半神の身では、お目どおりを願うことさえままならなかった。宮殿の庭で、偶然あなたにお会いできた時、俺がどれほど嬉しかったか、わかりますか？　あなたを番《つがい》にせよと命じられ……もちろん、この身にはすぎたことと充分に弁えておりました。天帝は気まぐれでそう命じられたのだと……。でも俺には、降って湧いたようなこの好機を逃すことはできなかった」

　両膝をついたレアンは、縋るようにリーミンの腰に抱きついている。掻き口説くように言葉を迸《ほとばし》らせるレアンの目には涙が滲んでいた。

　リーミンは虚を突かれ、それ以上やり込める言葉が出てこなかった。

　半神が泣いている。

　瀕死《ひんし》に近い怪我《けが》を負いながらも、誇り高く人間に対していた若者が泣いている。銀色狼はあんなにも強く、己の命を懸けることさえ厭《いと》わなかったのに、今は自分の許しが欲しくて、青い目に涙を浮かべているのだ。

「どんなに嫌われようと、あなたをこの手で抱けるなら、それでよかった。あなたを番《つがい》にできるなら、あのまま息が絶えたとしても本望だった」

　膝を屈し、小刻みに肩を震わせているレアンを見て、リーミンは深く息を吐き出した。まるで憑《つ》きものが落ちたように怒りが収まって、瞳は黄金の光を取り戻す。

「おまえは、そんなにも私が欲しかったのか？」

「そうです。お会いしたいと焦がれているだけの時なら、こんな大それた望みは持ちませんでした。でも、今のあなたは、俺が手を伸ばせば触れられる距離にいる」

「おまえは馬鹿だな……」

「はい……」

レアンは子供のように素直に頷く。

向き合っていればいつも上にあるレアンの頭が、今は腰のあたりに押しつけられている。

リーミンは、月の光のように輝く髪に、無意識に手を伸ばした。指を入れて絡めると、レアンがぴくりと反応する。

「天帝はいつか怒りを解く。時がくれば、私は天上界へ戻る。それをわかっているのか？」

「はい……わかってます。しかし、もしその時がきたなら、どうかリーミン様の手で俺を殺してください」

リーミンは思わず息をのんだ。

レアンの声は静かなのに、底にある覚悟は決して生半可なものではない。

見上げてくる青い瞳に、気持ちが揺さぶられる。胸の奥に何か熱い塊ができて、そこからじわりと身体全体に熱が広がってくようだ。

「やはり……おまえは馬鹿だ……どうして、そんなことを言う……？」

自分でも驚くほど掠れた声しか出なかった。そのことでさらにリーミンは動揺した。

レアンのたったひと言で、どうして自分がこんな不安ともいえる気持ちになるのか、わからなかった。

「リーミン様……俺はあなたを……」

「言うな！」

リーミンはたまらなくなってレアンの言葉を遮《さえぎ》った。

何故か頬に血が上り、跪《ひざまず》くレアンを見ていられなくなる。視線をそらすと、地に落ちた果実が目についた。

子供の頃の自分が林檎を喜んだからといって、今の自分も喜ぶだろうとは、あまりに短絡的だ。

「わ、私は……地に落ちたものなど口にせぬ。もう一度……採って……採ってきてくれ」

囁くように命じると、レアンがはっと息をのむ気配がする。

「すぐに……すぐに採ってきます！」

レアンがそう言って駆け出していったのは、それからすぐのことだった。

神子のカーデマは、薄闇に包まれた森を軽やかに歩きまわっていた。

天上界の宮殿にいた頃は、すっきりとした少年の人形を保っていたが、今は細い四肢で露《つゆ》に濡れた下草を踏みしめている。三角形の耳を持つ頭部から長い尾の先に至るまで、びっしりと虎に似た縞模様《しまもよう》の体毛に覆われ、吊り上がった眼を金色に光らせる。

カーデマは、いまだに猫に変化させられたままだった。

下界でリーミンに会えば、元の姿に戻してもらえるかと思ったが、あいにく主は大いなる〝力〟の源を封じられてしまっていた。いつまで、こんな猫の姿でいなければいけないのかと思うと、憂鬱《ゆううつ》になってくる。

とはいうものの、これはこれで案外気に入っている点もあった。

何故なら、カーデマが徘徊《はいかい》しているのは、下界の森なのだ。

天上の宮殿には便利な結界が網の目のように張り巡らされていたが、ここには何もない。

獣神が棲み処とする森は、大きな結界ですっぽり覆われているのみである。

森の中にはまともな道が一本も存在せず、樹木が隙間なく生《お》い茂り、下草や蔦も伸び放題というありさまだった。

瞬間的な移動を可能にする結界がない以上、どこへ行くにも自分の足を使って歩くしかな

い。しかし、本来の姿、男体のままでは張り出した木の枝や根っこがけっこう邪魔になる。露に濡れた下草も滑りやすく、この森には様々な生き物も入り込んでいるから、いつ不快な目に遭うかもわからなかった。

知らないうちにおぞましい虫に触れたり、ぬるりとした鱗《うろこ》に覆われた蛇《へび》を踏んだりしたらと思うと寒気がする。

それぐらいなら、体型が小さく夜目がきき、俊敏な動きが可能な猫の姿のほうが何百倍もましだ。

かすかに月明かりの射す森を歩きまわっていたカーデマは、やがて一軒の館にたどりつく。木の枝を組み上げた館は、天上界のそれに比べ、みすぼらしいことこの上なかった。しかし今はそこに、カーデマの主であるリーミン神が棲みついているのだ。

すべての神々の頂点に立つ天帝の息子にして、天上界一の美しさを誇る暁の神――。だが、リーミン神はある日、天帝の逆鱗《げきりん》に触れて下界に堕とされた。大いなる〝力〟を生み出す水晶柱も封印されて、あろうことか、獣神の番《つがい》にされてしまったのだ。

カーデマは裏口の隙間からそっと館の中に滑り込んだ。

夜明けにはずいぶんと間のある時刻で、主はまだ寝入っているはずだ。

カーデマは足音を忍ばせて、気に入りの場所である厨房《ちゆうぼう》の棚《たな》を目指した。

一番上の段に飛び乗れば、何もかも気持ちよく見下ろせるし、不快な敵からの攻撃もすぐ

には届かない。

が、カーデマが上に向けて跳躍しようと思ったその時、しんと静まり返っていた館の中に、突然甘い悲鳴が響き渡った。

これは間違いなく、リーミン様の声だ。

カーデマはさっそく声のした主人の寝室へと向かい、重い木の扉の端に両方の前肢をかけた。さほど力を込めずとも、体重を乗せれば自然に扉が開く。

カーデマは僅かにできた隙間から、素早く室内へと小さな身体を滑り込ませた。

「ああっ……あ、レアン……もう、……あっ」

「リーミン様、もっと感じればいい」

「あっ、く、ふ……っ、あぁ」

巨大な寝台の上で蠢く影がふたつ……いや、絡み合う影がひとつ。なんのことはない。リーミン神と獣神レアンは、番《つがい》としての行為の真っ最中だったのだ。

カーデマは内心で舌打ちして、部屋から出ていこうとしたが、視線は自然と寝台の上に釘付けとなった。

窓から銀色の月明かりが射していた。

その淡い光の中に、獣神と番った主の姿が浮かび上がる。

リーミン神は獣の体位で犯されていた。

細い腰を抱え込んでいるのは獣神だ。神の血は半分しか流れていない。それゆえ常時は巨大な銀色狼の姿でこの森を支配する半神だが、今は逞しい男体の裸身をさらしている。そしてリーミンの狭い秘所には、その獣神レアンの長大な男根がずぶりと突き挿さっていた。

「あぁっ、あっ、……あ、ぅぅ」

ゆっくり腰をまわしていたレアンがそっと灼熱《しやくねつ》の楔を引き抜きにかかる。ぬらりと濡れ光る男根が全長を現すにつれ、リーミンの喘ぎが強くなった。

主の小さな蕾にどうして、あれほど巨大なものが挿っていたのか。

レアンの男根は神子のカーデマですら、信じられないほど凶悪な形だった。太くて長いだけでなく、ところどころに歪な瘤のような出っ張りがある。

その瘤が敏感な内壁を抉るたびに、リーミンが堪えきれないような嬌声を上げる。

痴態に魅せられたカーデマは、思わずグルルと喉を鳴らした。

レアンは僅かに先端を残すのみとなるまで楔を引き抜き、次には螺旋《らせん》を描くように反動をつけて一気に奥深くまでリーミンを貫く。

「あああっ……やっ、……あぁ……っ」

レアンは根元までしっかり凶器を埋め、ゆるりと前後左右に腰を動かし、リーミンの最奥を掻きまわしている。

カーデマは食い入るように犯されている主を見つめた。

褥の上のリーミンは、薄物の長衣をまとったままで俯せになり、レアンの手で尻だけを高く持ち上げられている。棍棒《こんぼう》のような楔を穿《うが》たれた尻は、レアンが手を離したとしても、そのままの位置を保つだろう。

長く豊かな金色の髪が、弓なりに反った背中に乱れかかり、レアンが深みを突くたびに毛先を踊らせている。

目を凝《こ》らしてみれば、褥からは無数の細い蔦が伸びていた。先に繊毛を持った蔦は、リーミンの肌をそろそろと舐めるように這いまわっている。

薄物の長衣は透けており、赤く尖った胸の粒にも蔦の繊毛が巻きついているのが見えた。リーミンが身体を震わせるごとに、繊毛がさわさわと動き、それでまた、たまらなくなったように細い身体がくねっている。

緑の蔦はリーミンの下肢にも絡みついていた。

だが遠くからでは、主の陰になった部分がどういう具合になっているのか、わからない。

カーデマは覗き見に絶好の位置を求め、足音も立てずに褥へと近づいた。

主と獣神は行為に夢中で、カーデマが部屋に入り込んでいることすら気づいていない。

褥の真横まで来ると、リーミンの淫らなさまがよく見渡せた。

主は後孔に巨大な男根を咥え込んでいるくせに、己の欲望も張りつめさせている。後背位で犯されたリーミンは、白い腹につくほど中心を勃たせていた。

褥から芽吹いた蔦は獣神の眷属《けんぞく》だ。レアンと一緒になってリーミンを啼《な》かせようとしている。一気には達けないように、太めの蔦が根元をしっかり締め上げ、茎には細いものが何本も縦横に絡みついていた。

蔦は長い繊毛を出し、敏感な亀頭やえらをくすぐっている。一本の長く伸びた蔦が、蜜を滲ませている鈴口から中にまで潜り込んでいる。蔦はゆるく回転しながら、花芯の内側にある細い管を犯しているのだ。

「やっ、もう……駄目……っ」

前を塞がれたうえで、ひときわ奥深くまでレアンに貫かれ、リーミンが懸命に首を振る。金糸のような髪がさらりと丸い肩から滑り落ちて輝きを放つ。白い肌もほのかに染まり、香しい汗で濡れ光っていた。

高貴な美貌の顔が愉悦で歪む。苦痛に耐えるかのようにきつく閉じた双眸。繊細な睫が震え、目尻には透明な涙の粒が盛り上がっている。それでも、リーミンの半開きの口から漏れてくるのは甘い喘ぎばかりだ。

「リーミン様……気持ちいいのですか?」

「うう……」

背後からのしかかっているレアンが、金色の髪から覗く耳朶を噛んでそっと囁きを落とす。

「もっともっと気持ちよくなればいい」

レアンがまたそそのかすように言い、リーミンは涙をこぼしながらかぶりを振った。

「いやっ……レアン……も、許して……達きたい……達かせて……お願い……っ」

なんと甘い声だろうか。

誰にも膝を屈しない誇り高きリーミン神が、自分の父であり、絶対者でもある天帝カルフにさえ逆らってみせたリーミンが、たかが下界の獣神であるレアンに許しを請《こ》うている。

その性は冷酷ですらあったリーミンなのに、番《つがい》となった相手に媚態《びたい》を示し甘えていた。

カーデマは何故か羨望《せんぼう》を覚え、長い尻尾を打ち振った。

そうしている間も、男体を保つ獣神は、天上界でもっとも美しいといわれたリーミン神を力強く組み敷いて、香しい身体をとことん貪り尽くしている。

「それなら、達く時の顔をしっかり見せてください」

「いやだ……あああっ」

拒否したとたん、リーミンの身体がふわりと浮き上がる。褥から生えた蔦が主人の意図を酌《く》み、ざわざわと蠢いて細い身体を持ち上げたのだ。

リーミンの身体は太いもので貫かれたまま、ぐるりと半回転した。

「あっあぁ——っ、……」

獣神の瘤でいいところを抉られたのか、いちだんと高い嬌声が響き渡る。

カーデマは思わず身を乗り出した。

レアンはリーミンを正面に向け、自分は褥に背中を倒してしまう。リーミンはレアンの男根を挿れられた状態で、馬乗りにさせられたのだ。

あの体勢では恐ろしいほど奥深くまで獣神の男根が届いていることだろう。

カーデマは自分が襲われているわけでもないのに、ぶるりと小さな身体を震わせた。

「達きたければ、自分で動いてください」

「やっ、やあぁ、……ん、っく……」

下からぐいっと突き上げられて、リーミンががくっと頭を仰け反らせる。そのまま仰向けに倒れてしまいそうになったが、レアンがさっと手を伸ばして支える。

仰け反った拍子に、さらに奥まで獣神を受け挿れさせられたのだろう。リーミンの目からまた涙が溢れた。

褥から伸びた蔦が嬉しげにざわめきだす。リーミンの花芯、胸の突起、脇腹から腿の内側、あらゆるところを撫でまわすようにねっとりさわさわ動いていた。

「さあ、リーミン様、達きたいのでしょう？　もっと腰を振って、俺のことも達かせてください」

「やっ、レアン……ああっ、あっ、……うぅっ」

下からまたぐいっと突き上げられて、たまらなくなったのか、リーミンはとうとう自ら腰を揺らし始めた。

「そうです、リーミン様、上手にできるじゃないですか。次はもっと腰を前に突き上げるように浮かして」

「いや、……そんなことしたら、もっと……」

リーミンが甘えた声で訴えると、レアンはくすりと余裕の忍び笑いを漏らす。

「リーミン様の一番いいところに当たるから、もっともっと気持ちよくなるでしょう？　リーミン様は感じると、ぎゅっとあそこを締めつける癖がある。だから俺も気持ちよくなれるんです」

「ううっ」

「ああ、そうです。その調子。気持ちいい……リーミン様、今度は俺のが全部抜けきる前に力を抜くんです。そしたら自然に腰が落ちて、また奥まで咥え込めますよ」

「やっ、レアン……これ以上、でき、ない……っ」

「やりなさい」

むずかる子供に対するように、脅《おど》したり宥めたり。レアンは意のままにリーミンを操っている。

「ああっ」

そそのかされたリーミンは、徐々に動きを大きくしていた。欲望の赴くまま、羞恥さえもなくしたかのように激しく腰を振っている。

見開いた目には涙がいっぱいに溜まっていた。普段は薄い金色の双眸が、今は暁の色に染まっている。

あまりの美しさにカーデマは息をのんだ。

高貴なリーミン神が、今まで誰ひとり、触れることすら叶わなかったリーミンが、下界の獣神に犯されて啼いている。

猫の姿であるにもかかわらず、カーデマは興奮した。

これほど淫らな主は、見たことがない。

自分も欲しい！

何故だか唐突に、あられもない欲望が突き上げてくる。

欲しい！　あの美しいリーミンが欲しい！　自分もリーミンを犯して、啼かせてみたい！

そう思った刹那。

カーデマは、全身の毛をざわっと逆立たせた。

誰かいる！

何者？

カーデマは本能的に警戒態勢を取った。三角の耳をぴったり後ろに折り、前肢の鋭い爪を立てて頭を低くする。尻を上げて力を溜め、長い尾をゆったりと振り立てた。

けれど寝台で絡み合うふたりの他に、怪しい者はいない。

どこだ？　どこにいる？

一刻も早く不埒《ふらち》者を見つけ出して、お知らせしないと……。

その瞬間、長い髭《ひげ》がぴくんと広がった。

そうしてカーデマは寝台で絡み合うふたりにゆっくりと視線を戻した。

吊り上がった細い眼が、ぎょろりと飛び出すように丸くなる。

それはもう猫の眼ではなかった。赤く不気味な光を放っている。

カーデマは小さな身体を弛緩《しかん》させ、裂けた口の端からだらしなく涎《よだれ》をこぼす。だが、剥き出しになった赤い眼だけはずっと褥に向けたままだ。

「ああっ、あ、レアン……あああっ」

「リーミン様！」

「あふ、っ……う、ううっ、ああ――っ」

リーミンはますます激しくレアンの腹の上でのたうっている。黒々とした太い棍棒を咥え込み、自ら嬉々として腰を振り己の蜜壺を掻きまわしていた。

欲しい！

あれは我のものだ！　誰にも渡さない！

そうだ。獣神ごときの好きにさせてはおけない。この手で抱いて、もっと狂ったように啼くさまを見てやる。

巨大なものを根元までねじ込んで、いやというほど最奥を掻きまわし、乳首もしっかりこねまわしてやる。

悦楽に啼くリーミンは、今よりもっと淫らな顔を見せるはず。

そうだ。もっともっとあの美しい顔が歪むさまが見たい。

「ああっ、う、くっ……ううっ、ううぅ――っ」

レアンの突き上げが激しくなり、リーミンは獣じみた唸り声を上げる。深く咥え込むたびにがくがくと細い身体が揺れた。

「くっ」

レアンが長い腕で細腰をつかみ、いっそう強く自分のそばに引きつけている。獣神はびゅくっと大量の飛沫を浴びせかけているのだろう。

「ううぅ、う、くぅ――……っ」

主人の意を受けた蔦がしゅるりとゆるみ、リーミンの花芯からも、びゅくっと欲望が迸る。

白い滴《しずく》は、高貴な顔にまで勢いよく飛び散った。

「あ……あぁ……」

レアンは、ぐったり倒れてきたリーミンを、乱れた金の髪ごと抱きしめた。

気を失い、ぴくりとも動かなくなった美神に、下界の獣神が優しく口づけている。

カーデマはそこではっと我に返った。

主人たちの熱い性交にすっかりあてられてしまった。

しかし……自分は今、何をしていたのだろうか？

背筋がぞわりと寒くなり、また全身の毛が逆立つ。前肢の爪は床に突き立てたままだったが、身体中に違和感が残っていた。

今、誰かいたか？

もしかして、ぼくの中に誰かがいたのか……？

カーデマはゆるく首を振った。

まさか、そんなはずはない。神子である自分はともかくとして、森の神に気づかれずに結界を破れる者など、いるはずもなかった。

もし、そんなことができる者がいるとしたら、それは——。

ちらりと想像しただけで、心の臓が縮み上がる。

カーデマはぶるぶると震えた。

考えすぎだ。リーミンが壮絶に色っぽかったせいで、しばし我を失っていたのだ。

それよりも早くここから退散しよう。覗いていたことがばれると、あとでひどい折檻《せっかん》を受けるかもしれない。

〝力〟を失っているせいか、下界へ来てからの主は妙に優しいが、それでも油断はできない。

カーデマは前肢を揃え、ぐうっと尻を高く持ち上げた。それから体重を前に移しつつ、すらりとした後ろ肢《うしろあし》を一本ずつ、すっすっと交互に伸ばす。

伸びをし終わったカーデマは、そのあと何食わぬ顔で厨房の棚へと向かったのだった。

†

獣神レアンは狼の姿で森の中を歩きまわっていた。

巨大で力強い体軀に、銀色に輝くふさふさとした体毛。そして深い泉の底を思わせる、青く澄みきった双眸。

森の樹木は優美な獣の姿を保つレアンを歓迎するかのように、さわさわと葉を擦り合わせていた。木漏れ陽の作る光の輪が揺れて、小鳥たちも高らかに歌っている。

周辺の結界を強めたので、以前のように人間どもが迷い込んできた形跡もなく、森は穏やかで平和だった。

すべてに満足を覚えたレアンは、森の中心にある棲み処へと足を向けた。

結界内の見まわりはこの森の主として当然の務めだが、心はもう番《つがい》となった美しい暁の神の元へと飛んでいる。

風のように森を疾駆したレアンは、棲み処が視界に入ったと同時に、ぴたりと足を止めた。

そして次の瞬間には、巨大な銀色狼の姿から、逞しい若者へと変化した。

美しい神は、自分が狼の番《つがい》とされたことを屈辱だと思っている。それゆえリーミンの目に触れる時は、極力人の形を保つようにしているのだ。

だがレアンは棲み処へと歩きだした瞬間、愕然《がくぜん》となった。

あり得ないことが起きていた。

結界が破られている！

「リーミン様！」

心臓をわしづかみにされたような恐怖を感じ、レアンは全速力で駆けだした。

森の木で造った館はどこも壊れていない。襲われた形跡さえ残っていなかった。

けれど館のまわりに巡らした結界が、無残なまでに引き裂かれている。

何が起きたのだ？

誰がこんな真似をした？

レアンは怒りに身を震わせながら館の中に飛び込んだ。

「リーミン様、どこですか？　リーミン様？」

部屋から部屋へと捜しまわるが、目指すリーミンの姿はどこにもなかった。

「リーミン様！　リーミン様！」

何度呼んでも、愛しい美神からの答えはない。

どこに行った？

ここで何があった?

まさか、リーミン様の身に何か?

レアンは呆然と立ちすくんだ。

何ものにも代えがたく想っているリーミンが姿を消した。

その喪失感だけで、自分の存在すら無となってしまったかのような錯覚に陥る。

だが、その時、レアンはふと何者かが息を潜めている気配に気づいた。

「誰だ?」

レアンは鋭く誰何しながら、気配の元を探った。

リーミンの神子を発見したのは、厨房の棚の中だった。隅の暗がりに震えている猫の姿がある。

「カーデマ、何が起きた?」

レアンは無造作に猫の首筋をつまみ上げて、棚から引きずり出した。

カーデマはよほど怖い目に遭ったらしく、長い尻尾を後ろ肢の間に巻き込んで、耳をぴたりと倒している。

「つ、連れていかれました……リーミン様が……」

カーデマはがたがた震えながら訴える。

「連れていかれただと? いったい、どこへだ? 何者がリーミン様を連れていったと言うのだ？」

レアンが急き込《せ》んで訊ねると、カーデマの眼に悲しげな色が交じる。

返ってきたのは思いもかけない答えだった。

「て、天帝カルフ様が、リーミン様を……」

「天帝だと？　カルフ様がここに現れたのか？」

「はい」

レアンは思わず押し黙った。

天帝が自ら現れたのなら、この惨状も簡単に説明がつく。自分が気づかないうちに、これほどやすやすと結界を破られたのは、相手が天帝だからこその話だ。

「天帝は何故、リーミン様を連れていったのだ？」

レアンはいやな予感に襲われながら、低く唸るような声を出した。

カーデマは猫の姿であるにもかかわらず、ふるふると首を左右に振る。

答えなどなくとも、想像はつく。

天帝はリーミンを盲愛していた。レアンが初めて天上の宮殿に伺候した時、なんの騒ぎがあったか。あの時天帝は、自分の意に添わないリーミンに激怒し、それで下界の獣の番《つがい》になるがいいと言い放ったのだ。

レアンにとっては思いもかけぬ幸運だったが、天帝は今になってリーミンが惜《お》しくなり、わざわざ下界まで取り戻しに来たのだろう。

レアンはぎりっと奥歯を嚙みしめた。

いつかこんな日がくるという予感はあった。なのに、一瞬でもリーミンから目を離した自分が悪いのだ。

しかし、リーミンはもう自分の番《つがい》。断りもなく、勝手に連れていくとは、どうあっても許せることではなかった。

相手が天帝では、レアンにはとても勝ち目がないだろう。赤子と大人の比どころではない。どんなに悔しかろうと、大型獣と地面を這う蟻《あり》、いや、それ以上に歴然とした力の差があるのは明らかだ。

では、どうする？　このまま泣き寝入りするのか？

否だ。

リーミンはすでに自分の番《つがい》。何があっても失えない、大切な半身だ。相手がどんなに巨大な存在だろうと、取り戻しに行くしかなかった。

「くそっ！」

レアンは大きく舌打ちしながら、つまみ上げていたカーデマから手を離した。

いきなり床に落とされても、猫のカーデマにはなんら問題となることはない。だがカーデマは、恐怖で萎縮《いしゆく》していたことも忘れ、盛大に文句を言い始める。

「何、するんですか、レアン様！　いきなり放り出すなんて、ひどいじゃないですか！　ぼくはこれでもリーミン様の神子なんですよ？　天上界一美しいといわれたリーミン様の！」

レアンはいきり立つ猫を冷めた目で見下ろした。

今は怒りにとらわれている時ではない。これからのことを冷静に考えなければならなかった。

「カーデマ、おまえも天上界へ戻れ」

「えっ？」

カーデマはきょとんとしたようにレアンを見上げてくる。

その眼前で、レアンは再び狼の姿に変化した。

ぱっくりと裂けた口に鋭い牙。

同じ獣でも、巨大な銀狼と猫では、はなから格が違う。カーデマは思わずといった感じであとずさり始める。

「俺は絶対にリーミン様を取り戻す」

レアンは逃げ腰の猫に、さりげなく真意を漏らした。

「取り戻すですって？　それは無理でしょう。天帝カルフ様がどれだけリーミン様のことを愛でられていたか、あなたはご存じない。こんな下界まで、わざわざリーミン様を連れ戻しに来られたんですよ？　放すわけがないじゃないですか。もうリーミン様のことは諦めるべきです。天帝の怒りに触れれば、レアン様なんか一瞬で消されてしまいますよ。その銀色の毛だって、一本も残らずに消滅します」

カーデマは憐《あわ》れむような言い方をする。

「天帝の〝力〟ならいやというほどわかっている。俺ひとりではどうにもならないことも承知だ。だからこそ、まずはリーミン様の奪還に手を貸してくれる者を見つけに行く。カーデマ、おまえは先に天上界へ戻って、リーミン様にお伝えてしてくれ。何があろうと必ず迎えに行くから、待っていてくださいと。それまでの間、おまえは少しでもリーミン様をお守りしてくれ。頼む、カーデマ」

「頼むですって？　レアン様がぼくに？　まさか……本気ですか？」

「ああ、本気だ。頼む」

カーデマは一瞬得意げな表情になったが、それでも疑《うたぐ》り深《ぶか》そうな眼でレアンを見上げてくる。疑うというよりは、呆れているのかもしれない。

「まあ、レアン様がそこまで言われるなら、協力はしますよ。でも、ぼくはどうやって天上界に戻ればいいんです？　ひとりじゃ無理だし、レアン様だってかなり警戒されてるはずですよ」

「大丈夫だ。おまえひとりぐらいなら、どんなに警戒されていても、俺の〝力〟で送り返してやれる」

レアンが請け負うと、カーデマはふん、とでも言いたげに尻尾を振った。

時間を無駄にするべきではないと思い、レアンは鋭い爪のある前肢を、カーデマの小さな頭に置いた。

その一瞬後、小さな猫の姿がふっと掻き消える。

天上界にカーデマを送り込んだレアンは、のっそりと振り返って歩きだした。

協力を求める相手は東の果てにいる。そこまで何日で駆けとおせるかわからない。だが、何があったとしても、リーミンは必ずこの手に取り戻す。

待っていろ。必ずだ。必ずあなたを取り戻す。

森の獣神は、棲み処を出たと同時、疾風のごとく東を目指して駆け始めた。

† 天上の囚われ人

リーミンは宮殿内の一角にある自室に閉じ込められていた。

広々とした部屋は、リーミンの好みに合わせた調度が置かれ、大きく開いた窓から、色とりどりの花が咲き誇る庭を見渡せる。甘い蜜の匂いも感じ取れるのだが、窓には目に見えない障壁が張り巡らされているので、外に出ることは叶わなかった。

普段リーミンに仕えていた神子たちも、今はここに近づくことを許されていない。

結界を張ったのがリーミンの父、天帝であるからには、何人もこの牢獄《ろうごく》からは逃げられなかった。それにリーミンは〝力〟の源である水晶柱も封印されたままだ。

父がどういうつもりで自分を閉じ込めたのか。いやな予感に苛《さいな》まれながらも、じっとしているしかなかった。

リーミンはふわりとした褥に横たわり、獣神のことを考えた。

天上界では時という概念がなきに等しく、リーミンが森の館からここに連れてこられてどれほど経つのか、よくわからなかった。

けれど見まわりに行ったレアンも、そろそろ自分の不在を知る頃だ。

あの銀狼は、どうするだろうか。

せっかく手に入れた番《つがい》を取り上げられて、怒るだろうか。

きっと、とても怒っているだろう。

しかし、リーミンをさらったのが天帝である以上、半神のレアンにはどうすることもできない。レアンは怒りに震え、そして己の力のなさにもひどく打ちのめされていることだろう。

番《つがい》となったリーミンを気に入り、ろくにそばから離さなかったほどなのに、あっさり取り上げられてしまったのだから。

男体である時の端整な顔、それに銀狼の時の顔。その両方を思い出し、リーミンはくすりと笑った。

何もかも、これからのことは父である天帝の気分しだいだ。おそらくあの獣神とは二度と会う機会はないだろう。

そしてリーミンは、自分がそれをとても残念に思っていることに気づき、かすかに肩をすくめた。

下界の森での暮らしは、けっこう気に入っていた。

信じられないことに、自分はあの半神を嫌いではなかった。むしろ好ましく思っていた。

だから、二度と会えないかもしれないと思うと、寂しい気がする。

寂しいなどと軟弱な気持ちを抱くこと自体、相当レアンに毒されてしまっている証《あかし》で……。

リーミンは胸がずきりと痛む気がして、美しい顔を曇らせながらため息をついた。

ちょうどその時、結界の中に入り込んできた者がいる。

「失礼いたします、リーミン様。湯浴《ゆあ》みのお時間となりましたので、お迎えにまいりました」

入ってきたのは十人ほどの神子だった。

大男の形を保っている、天帝直属の神子たちだ。髪も肌も顔立ちも様々だけれど、共通してあまり品位は感じられない。

リーミンは不快さを隠そうともせず、形のいい眉をひそめた。

「湯浴みだと？　なんのために、そんなことをしなければならぬ？」

「リーミン様に湯浴みをしていただくようにと、天帝カルフ様直々のご命令でございますれば」

一歩前へと進み出てきた神子が、態度だけは恭しく、リーミンに向けて両手を翳しながら深々と腰を折る。

だが、リーミンの機嫌は最悪となっていた。

元来、神は湯浴みなど必要としない。たとえ身に穢れを帯びたとしても、すぐに祓《はら》ってしまえるからだ。それぐらいは水晶柱の〝力〟を借りるまでもなく、どんな下位にいる神でもできることだ。

「たとえ父上のご命令であっても、湯浴みなどはせぬ。おまえたちは、早々にこの部屋から立ち去るがいい」

リーミンはうんざりしながら命じた。

神子は少しも耳に留めることなく、図々しく近づいてくる。

「無礼者！　私の前から消え失せろ！」

リーミンが鋭く叫んだとたん、先頭の神子が右手を上げて合図を送る。

十人もの屈強な神子に取り囲まれて、リーミンは色を失った。

少し前までならあり得なかったことだ。天帝の息子であり、アーラムでも高位にある神に逆らう神子がいるなど信じられない話だった。

たとえ天帝の命令で動く神子であっても、リーミンが〝力〟を発動すれば、一瞬でその存在を消してしまえる。

しかし悔しいことに、今は肝心の水晶柱を封印されていた。

下賤の神子が肌に直接触れても、払《はら》い除《の》けることさえできない。

「くっ！」

結局リーミンの身体は、二十本もの手で空中高く掲げられ、湯殿へと向かうことになったのだ。

そこは渾々《こんこん》と湯が湧き出る泉だった。あたりは七色に輝く靄《もや》に包まれている。

そこでリーミンは無理やり薄物の長衣を剝《は》がれ、生まれたままの姿で湯の中に長く横たえられた。

頭部をひとりの神子に支えられている。それから右腕と左腕、足も左右ばらばらに、合計五人もの神子が群がっていた。

「お身体を洗わせていただきます」

ぴくりとも動くことができず、リーミンは屈辱にまみれながら神子たちをにらみつけた。

「やめよ」

短く命じても、神子たちはろくな返事さえしない。

それどころか、にやりとした笑みまで浮かべている始末だ。

見目麗しい女体の者が相手ならまだ許せるが、神子はむくつけき大男ばかり。ごつごつと節くれ立った太い手で肌を撫でまわされるのはたまらなかった。

だが逃げようはない。しっかりと十本の腕で押さえつけられたあげく、残り十本の手が這いまわっているのだ。

肩、首筋、脇腹から臍《へそ》、すんなり伸びた足も腕も撫でまわされた。

そのうち脇腹を撫でていた手が這い上がり、胸の突起を掠めていく。敏感な尖りはたったそれだけの刺激でもつんと硬くなった。

「くっ」

リーミンがびくりと背筋を震わせていると、太腿の内側にも手が滑り込んでくる。平らな腹を撫でていた手は、リーミンの花芯まで包み込んだ。

「ほほぉ、これは、なんと……さすがは暁の美神リーミン様。このようなところまでお美しいとは……」

直接そんな場所に触れられては、たまったものではない。やわやわ揉み込まれると、いやでも身体中の血がそこに集まってしまう。

「……っ！」

「おお、おお……大きゅうなってきましたな」

神子は調子に乗ってリーミンの花芯を育てている。

他の神子たちもいやらしい目つきで、身を乗り出すようにそこが変化していくさまを眺めていた。

「うっ……」

声を漏らさぬように我慢するのは大変だった。

これでは身体を清めるどころではない。神子たちは天帝に命じられ、わざとこんなやり方をしているのだろう。

無駄に声など立てれば、どこかでこの様子を見ているに違いない天帝を喜ばせることになる。

けれどリーミンの悲壮な決意も、太い指で後孔の入り口を撫でられるまでだった。

「くっ、うぅ」

ひとりの神子がリーミンの尻に手を当てて、ぐっと無残に秘めた場所を露出させたのだ。

そしてもうひとりの神子が剝き出しになった入り口に太い指を当ててきた。

胸の突起もほぼ同時につまみ上げられる。

思わずひくりと腹を上下させた瞬間、とうとう蕾の中にまで指を挿れられた。

「や、めろ！　無礼者！　汚らわしい手で私に触れるな！」

動けぬ中でも懸命に首を振ると、褐色《かっしょく》の肌の神子が抑揚《よくよう》のない声をかけてくる。

「リーミン様、しばし我慢していただきましょう。下界にいらした間に、そこをずいぶん汚してしまわれたとか……まずは検《あらた》めさせていただきます」

そう言った神子は中に収めていた指を引き抜いた。そしてあろうことか、その指を自分の鼻先に持っていき、下卑《げび》た笑みを浮かべながら、くんと匂いを嗅いでいる。

「！」

あまりの屈辱と羞恥で、リーミンはまぶたの裏を真っ赤に染めた。

指先の匂いを嗅ぎ終わった神子が呆れたような笑みを浮かべる。

「やはり獣神の匂いが染みついておりますな。完全に匂いが取れるまで、徹底的に清めろとの天帝のご命令にございますれば、いざ」

「ああっ」

神子の太い指が再び狭い内壁に埋め込まれた。そして奥まで湯を送り込むように、容赦なく出し挿れされる。

それと同時に他の手も再び肌を這いまわり始めた。

「ああっ、あっ……くっ、う、……っ」

天帝は元から、息子であるリーミンに邪な思いを抱いていた。リーミンを女体に変化さて、己の妻にしようとしたくらいだ。

反抗したリーミンから〝力〟を奪い、下界に堕としたくせに、今度はまた無理やり連れ戻して、この仕打ちだ。

天帝はどこまで自分を弄《もてあそ》べば気がすむのか……。

何故、息子である自分に、これほど邪な思いを募らせるのか……。

リーミンにはどうしても信じられないことだった。

「くっ……！」

中に挿り込んだ神子の指がゆるゆると回転し、リーミンは強く唇を噛みしめた。

こんな下賤の者どもに嬲られるのは、どうあっても我慢できない。

我慢できないのに、指先が敏感な場所を掠めるたびに、身体の芯がびくりと震え、おかしな疼きが生まれる。やわやわと揉み込まれている花芯が徐々に張りつめていくのを止めようがなかった。

「おお……天上界一、清らかでおわしたのに、ずいぶんと淫らになられたことだ。賤しい我らの手でも悦《よろこ》んでおられる。おお、おお……」

一番偉そうな褐色の神子がわざとらしくリーミンを煽《あお》る。

悔しくても、神子の手で興奮させられたのは事実で、反論のしようがなかった。

神子のひとりは乳首をくりくり弄り、他にも敏感な肌を撫でまわしている者がいる。

花芯には三本もの手が取りついて、それぞれ勝手に動いてリーミンを惑乱させた。

せめて声だけは漏らすまいと、必死に奥歯を噛みしめても、中の弱点をぐいっと抉られればおしまいになる。

「ああっ……く、っ……うぅ」

ゆるんだ唇から甘い嬌声がこぼれると、神子はさらに嵩《かさ》にかかって責め立ててきた。

おぞましいことに神子たちも興奮している。それぞれがまとった長衣の中心を押し上げているものに気づき、リーミンは絶望的な気分になった。

賤しい神子の手で、これほどまで貶められるとは……。

すべては天帝に楯突《たてつ》いた報いだ。

そして、こんな惨めなことになっても、身の内から湧き起こる欲望は抑えようもない。

神子に弄られるたびに身体がどんどん熱くなった。すべてを吐き出さずにはこの熱が治まるはずもない。

少し前まではこんな身体ではなかった。あの銀狼がリーミンの身体に快楽を教え込んだせいだ。レアンのせいで、こんなふうに節操もなく乱れてしまう身体になってしまった。

「ああっ……あっ……く、ふ……っ」

リーミンは激しく息を継ぎながら、レアンが男体となった時の精悍な顔を思い浮かべた。けれど顔を思い出せば、体つきも思い出してしまう。それに抱かれた時の熱い感触も。それらの感覚は、神子たちの淫らな動きに重なり、さらにリーミンを追いつめた。

「あっ、く……うぅ」

身体中を震わせながら呻きを漏らすと、褐色の神子がにやりと笑う。

「そろそろ限界でございますか、リーミン様……しかし、我ら賤しき者の手で極めておしまいになられては、また天帝のお怒りに触れましょうぞ」

神子は嘲るように言って、リーミンの中に埋めていた指を抜く。肌を這いまわっていた手、花芯に絡んでいた指も、いっせいに離された。

「う、く……っ」

あと少し、ほんの少しで欲望を吐き出しそうになっていたリーミンは、大きく身体を震わせるばかりだった。

けれど、そのあと神子どもが、さらにひどい仕打ちを加えてくる。

「リーミン様、漏らしてしまわれぬように、根元を縛らせていただきます」

「な、にっ！　や、やめろ……っ」

首を振る暇もなく、神子のひとりがリーミンの花芯をわしづかみにし、もうひとりがどこからともなく七色に輝く細い紐を取り出して、花芯の根元に巻きつけた。

吐き出す寸前だった欲望を塞《せ》き止められて、リーミンは激しく身悶えた。

身体中が小刻みに震えてたまらない。悔しいことに目尻に涙まで滲んだ。

「それでは、リーミン様、天帝カルフ様の御前へゆかれる前に、ご準備を」

リーミンの身体は神子の手で湯から上げられ、やわらかな布で滴を拭われた。

紐を巻きつけられた花芯に薄い布地が触れただけで、身の内でざわりと大きな疼きが生まれる。完全に欲望を止められていてさえ、花芯の先端には蜜が滲んだ。

ふわりとした長衣が着せられて、長い髪をとかされ、細い首や耳、腕、腰と順番に金の装身具もつけられた。

外から見れば、いつもどおりに光り輝くような神の姿。しかし長衣の下では張りつめたものがずきずきと疼いている。

リーミンは、身体中を駆け巡る欲望に苛まれながら、天帝の元に向かわされることになったのだ。

†

七層の高さを誇る宮殿――。

その最上階に天帝カルフの間がある。

広さははっきりしない。見てとれるのは、薔薇色《ばらいろ》の大理石でできた床のみで、四方の壁と天井は靄で包まれているからだ。

リーミンは十人の神子の手によって、この玉座の間に連れてこられた。

天帝カルフは中央の玉座につき、その左右にお気に入りの息子、バラクとイサールが控えていた。

今日の天帝は若々しく、逞しい身体を白の長衣に包み、濃い茶色の髪を肩まで伸ばしている。しかし、瞳を赤く染めているのは、危険な兆候だった。

長兄のバラクは金の長い髪をさらりと長身の背中に流している。端整な顔には今、なんの表情も浮かんでいない。緑色の瞳にも無関心さがあるだけだが、この兄は見かけの優雅さを裏切り、極めて冷酷な性を持っている。

次兄イサールは茶色の髪と茶色の瞳。天帝譲りの剛胆さを誇るイサールは、嘲るように口元を歪めていた。

床の中央に突然、巨大な薄紅色の花が出現し、リーミンは五弁の花びらの中に座らされた。

神子たちはリーミンを運び終えると、そのまま静かに部屋から出ていく。

拘束はされていない。神子もいなくなった。それでも巨大な花の中から一歩も外へ出ることができない。

リーミンはまさに花の囚人になったというわけだ。

まったく、悪趣味な……。

父の前で罪人のように引き据えられたリーミンは、気丈にそんなことを思い、挑戦的な笑みを浮かべた。

どんなに惨めな格好にされようと、最後まで矜持は捨てない。

嘲られるべきは天帝のやりようで、自分に恥じるところなどない。

「リーミン、久しいの。しかし、おまえは相変わらず美しい。これほど目の保養となる者も他にはおらぬ」

天帝がいかにも満足そうに、とろりと眼を細めて言う。

リーミンはじっと自分の父をにらみつけた。

「これはなんの真似でございますか、父上？　天帝ともあろうお方が、いったん下界の神にお下げ渡しになった私を、断りもなくまた取り上げられるとは」

リーミンが糾弾《きゅうだん》しても、天帝はにやりと笑うばかりだ。

「惜しくなったのよ。それに、おまえをあの獣に渡すのは、本意ではなかったゆえな」

「なんということを」

全能の神であるからこそ、この世の理《ことわり》は守らねばならない。それなのに、あっさり約束を覆《くつがえ》そうとする父が信じられなかった。

「リーミン、その目はなんだ？　おまえは我を批難しておるのか？」

「父上……」

「まあよい。おまえは我の意思に背いた。相応の罰を与えるべきところを、今まで野放しにしておった。下界に堕とせば、少しは反省するかと思えば、ようも獣神などと乳繰りおうてくれたものよ」

あまりにも理不尽な物言いに、リーミンは呆れて言葉も出なくなった。

先に、リーミンを妻にするなどと無体なことを言いだしたのは天帝のほうだ。それに逆ったからといって、責められるいわれはない。

「その様子では、少しもわかっておらぬようだな。リーミン、我は怒っておるのじゃ。逆らうことは許さぬ。その身で報いを受けよ」

「ち、父上……ああっ！」

リーミンを乗せた花が、一瞬にして天帝の真ん前に移動する。それと同時に、身を包んでいた長衣がはらりとはだけられた。

父や兄の眼前に素肌をさらすなど、耐えられるはずがない。

リーミンは慌てて、自分の身体から離れていこうとする長衣をつかみ、胸の前で掻き合わせた。

するとと今度は、その長衣の布地がなんの前触れもなく、煙のように忽然と消え失せる。神の〝力〟の中では児戯《じぎ》に等しいものだけれども、リーミンを怯ませるには充分だった。生まれたままの姿にされて、ますますいやな予感が強まる。

天帝はまだ玉座にゆったり腰かけている。ふたりの兄も体勢を変えていない。しかし、リーミンの身体は重みがないもののように、ふわりと花の上に浮き上がった。

「あっ」

誰が発した〝力〟かわからないが、胸の前で交差させていた腕が否応なく広がっていき、座ったままの体勢で膝も大きく開かされる。

神子に弄られて、花芯はそそり勃ったままだ。根元は虹色の細紐でくくられている。こんなありさまを見られるのは耐えられなかった。

けれど、必死に力を入れて膝を閉じようとしても、少しも動かない。

それどころかリーミンの身体は宙に浮かんだままでゆっくり反転し、俯せで腰だけを高くするいやらしい体勢にさせられた。

「くっ」

屈辱的な格好に、リーミンは唇を強く噛みしめて羞恥を堪えた。

だが、それはまだ始まりにすぎなかったのだ。

宙に浮かんだリーミンの身体は、天帝の顔が触れんばかりの場所まで移動する。

父である天帝に、もっとも秘すべき場所を覗き込まれる。

これほどの恥辱はなかった。しかし、どんなに力を込めようと、自分では身動ぎひとつ叶わない。

天帝はつと玉座を立ち、秘所にその息がかかるほど近くまで顔を寄せてくる。

「ふむ……慎《つつ》ましやかに閉じておる。このように小さな場所で、よくぞまあ、あの獣の巨根を咥え込めたものよ。中がどうなっておるか、子細に見てやろう」

「なっ……ち、父上……っ」

リーミンは渾身《こんしん》の力で逃げ出そうとしたが果たせない。辛うじて頭だけは動かせたので、振り返ると、天帝がまさに双丘に指をかけるところだった。

そのまま左右にくいっと開かれて、秘めた場所がすべて剝き出しにされる。

「おお、きゅっと締まっておるな。さっきは神子の指を美味そうに咥えておったのに……どれ……」

天帝はいきなり、ぴちゃりと窄《すぼ》まりに口をつけてきた。

リーミンはあまりのことに、ひくっと息をのんだ。

天帝は様子を窺うように舌先で入り口をつつき、そのあと本格的にべっとりと舐め始める。

「ち、父上！　おやめくださいっ！　お願いです。おやめください！　ああっ」

必死に懇願しても、天帝はべちょべちょと唾液をなすりつけるように窄まりを舐めまわしている。

どんなに抗おうとしても叶わなかった。

リーミンは見えない手で宙に縫い留められている。そのうえ、天帝の手がしっかりふたつの丘にかかり割り開かれていた。

いやらしい感触から逃れようと、必死に胸を喘がせれば、よけいに腰が震えて舌がべっとり貼りついていることを思い知らされる。

「ふむ……おまえの身体はやはり極上の甘さだ。それにだんだん蕩けてきおった。やわやわと、我の舌を中に誘い込もうとしておるぞ」

「う、嘘だ……っ」

リーミンは懸命に首を振った。

けれど、天帝は背後でせせら笑うばかりだ。

「嘘かどうか、試してみればわかること」

言葉が終わらぬうちに、再びいやらしく舌をつけられる。今度はそれだけではすまずに、リーミンがいとわしさでぞくりと背筋を震わせた瞬間、中にまで舌を挿し込まれた。

「あ、あぁ……ぅぅ……や、やめてください。父上……ち、父上、こんなこと……っ」

今や完全に父の舌が内壁まで挿り込んでいる。

おぞましさのあまり、リーミンは涙を溢れさせた。

父に犯されるのは絶対にいやだ。

なのに、圧倒的な力で支配され、抗うことができない。

「ううっ……うぅ」

リーミンは奥歯を食い縛って父の陵辱を耐えた。だが、中まで挿り込んだ舌が、ぐにゅぐにゅといやらしく動き、中途半端に煽られていた身体が再び熱くなってくる。

舌を這わされている内壁が、ひくりひくりと反応し始めたのだ。

いやだ。気持ち悪い。こんなことは許せない。

そう思うのに、感じやすいリーミンの身体は、主を裏切って、舌の感触を味わい始めていた。

そのうえ天帝は紐で縛られた花芯にまで手を伸ばしてくる。敏感な先端に触れられたとたん、リーミンは白い喉を仰け反らせた。

「う、くっ……ぅう」

どんなに堪えようと思っても甘い呻きが漏れてしまう。

舌で犯されている内壁がざわりと震え、湧き起こった疼きが身体全体に広がっていく。触れられた先端は嬉しげに新たな蜜を滲ませてしまう。

「ううっ、……ふ、……うっ」

天帝の舌は思いも寄らない長さまで伸び、さらに奥まで挿り込んでいく。

ざらりとした先端で、ひときわ感じやすい場所を擦られると、たまらなかった。

「ああっ、……っ、……あっ」

一度嬌声を上げてしまうと、もう喘ぎを我慢することさえできない。

天帝は隅々まで堪能するように、自在に舌を伸び縮みさせてリーミンの蕾を舐め尽くしている。

そしてリーミンがもう息も絶え絶えになった頃に、ようやくいやらしい舌を引き抜いた。

「だいぶ、ほぐれたの。もう舌で舐めるだけでは満足できんじゃろう。今、おまえの好きなものを挿れてやる」

「あっ」

拒否する暇さえなく、蕩けた後孔に熱い男根が押しつけられる。

リーミンはぞくりと大きく背筋を震わせた。

次の瞬間、いきなり太い先端をねじ込まれる。

「やめろ！　いやだ！　いやあぁ――っ……」

灼熱の杭で最奥まで貫かれた。熱く爛《ただ》れた内壁を擦りながら、奥の奥まで犯される。

天帝は実の父なのに、こんな関係はあってはならないのに、最後まで身体を繋げられてしまったのだ。

「おお、なんという心地よさじゃ。おまえの粘膜がいっせいに絡みついてくる」

天帝は宙に浮かんだリーミンを犯しながら、満足そうな声を上げる。

「ゆ、許さない……許さない……こんなこと、絶対に許さない……」

「ほお、許さぬとな……この天帝をか？」

天帝は嘲るように問いながら、腰を動かし始める。

壁を擦り上げられるたびに、ぞわりと背筋が震えた。かっと身体も熱くなる。

それでもリーミンはぎりぎりのところで踏み留まった。

「父が子を犯すなど……許されるはずがない」

「だが、おまえも充分に感じておる」

「こんなのは違う！　私は感じてなど……っ」

リーミンは金の髪を振り乱しながら激しく首を振った。見開いた目の色も、怒りのために藍色に変化する。

邪な欲望には屈しない。受け入れてしまっては、自分自身も許せなくなってしまう。

父に犯されて悦楽を感じるくらいなら、今この場で死んだほうがましだった。

「面白い。おまえがあくまでこの父に逆らうなら、これでどうじゃ」

天帝はくぐもった笑い声を立てながら、ぐいっと腰を突き上げてきた。

一番感じやすい場所を容赦なく硬い先端で抉られる。

「ああっ！」

いちだんと強い刺激が走り抜けた直後、中に挿り込んだ男根が微妙に形を変えた。敏感な内壁を押し上げているのは、歪な瘤だ。

「あ……」

ゆっくり宥めるように奥を攪拌《かくはん》されると、じわりと快感が生まれる。

それはリーミンが馴染んだやり方だった。

最初はゆるやかに掻きまわし、疼いて疼いてたまらなくなった頃に、激しく杭を出し挿れされる。

歪な突起で弱みを抉られると、死にそうなほど気持ちがよくて……。

「う、くっ……ふ、……」

知らない間に甘い喘ぎがこぼれる。

怒りと恐怖、嫌悪、色々なものでいっぱいだったリーミンは、慣れた感触に縋りついた。

意識を預けてしまえば楽になれる。

ここは森の館だ。自分を抱いているのはレアン……。

抱かれるならレアンがいい。レアンしかいない。何故ならレアンは自分のたったひとりの番《つがい》だから……。

気持ちよさを受け入れたリーミンは、さらに甘い声を上げた。

「あぁ……レア……ン……そこ……」

「ここか？　ん？」

レアンはいつも狙ったように、好きな場所を突いてくる。そこを抉られると、たまらなく気持ちがよかった。

「あっ、レアン……いいっ……気持ちがいい」

ぷっくり腫《は》れ上がった胸の粒も、指できゅっとつまみ上げられる。じいんと痺れが湧き起こり、硬い杭を咥え込んだ場所までそれが伝わっていく。

「そんなにいいのか？　ここもこんなに濡らして」

張りつめた花芯を握られて、爪の先で濡れた穴をくじられる。腰の奥から一気に欲望を噴き上げそうになるが、根元を締めつけられているので、果たせなかった。

「やっ、外して、蔦……達きたい……もう達くっ」

リーミンは自分から腰を突き出して、レアンを促した。

焦《じ》らされるばかりでは苦しくなってくる。

思うさま吐き出したい。それに疼いてたまらない場所に、レアンの熱い迸りを注いでほしかった。

けれど、甘い夢に浸っていられたのは束の間だった。

「夢に縋るのはいいが、そろそろ目を覚ませ。リーミン、おまえの中に父の子種をたっぷり注いでやろう。そしておまえも一緒に達け」

「あっ！」

リーミンはいっぺんに現実に引き戻された。

一瞬でもレアンに抱かれていると思ったのは、天帝が仕掛けた罠だったのだ。

中を犯しているのもレアンの欲望じゃない。どこで知ったのかはわからない。天帝はレアンそっくりの形に化けてリーミンを騙《だま》したのだ。

元に戻った天帝が、激しく腰を動かしてくる。

「いや、だっ……やめろ……っ」

「いくらでも泣き喚くがいい。だが、おまえはもう我のものだ」

天帝はそう言って、ひときわ奥まで腰を叩きつける。

深々と貫かれた最奥に、びしゃりと大量の欲望が浴びせられた。

「あぁぁ――っ、……くっ、ぅぅ」

その瞬間、根元を縛っていた虹色の紐がほどけ、リーミンも否応なく白濁を噴き上げた。

実の父に犯されたにもかかわらず、悦楽で頭が真っ白になる。どうにも止めようがなかった。

†

神子のカーデマは猫の姿で勝手知ったる宮殿を歩きまわっていた。

最初に下界から戻された時はびくびくしていたが、猫に変化した神子に注意を払う者は誰もいなかったのだ。

お陰でカーデマは大手を振って、宮殿内を歩けるというわけだ。

「お可哀想だけれど、リーミン様は今、天帝の玩具《おもちゃ》にされておられる最中だ。いくらなんでも玉座の間には近づけない。どうせ延々と続くに決まっているから、その間に封印された水晶柱がどうなっているか、様子を見てこよう」

カーデマはぶつぶつ独り言を呟きながら、宮殿の地下階層へと下りていった。

地下には色々なものが封印してある。いわば宮殿の倉庫だ。

もちろん結界が張り巡らされているのだが、よくよく注意してみれば、それにはかなり綻びがあった。

いったん地下の封印の間に収めたものを取り出す神は滅多にいない。放り込めばそれで終わり。あとはきれいさっぱり忘れていることが多いのだ。

宮殿の最下層に到着したカーデマは、さっそく封印の間へと潜り込んだ。

カーデマの立つ床を中心に、細長い棚がぐるりと円形に巡らされ、それが階段状に遥か遠くに見える天井近くまで連なっている。その棚の上には、封印された物が無数に並べられていた。

カーデマは注意深く水晶柱の位置を確認した。

リーミンの〝力〟の源となる水晶柱は、手前の棚の真ん中あたりにあった。幸いなことにやわらかな布を敷きつめた箱の中に収められている。

カーデマはほっとため息をついた。

水晶柱に直接触れることはできない。だが箱に入っているなら、カーデマにもなんとか持ち出せるかもしれない。

あとは結界の綻びを見つけ出せばいいだけだ。

猫の姿でいたことも幸いだった。小さな綻びでもとおり抜けられるし、ぴんと張った髭もけっこう役に立つ。

「面倒くさいけど、仕方ないな。あの獣神、リーミン様にぞっこんなんだから……ぼくなんかまで頼りにしてるとか言うぐらいだし……少しは助けてやらないと、可哀想だからな」

カーデマはそんなことを呟いて、結界の綻びを見つけるべく、じっと目を凝らした。

†

同じ頃、玉座の間では、ぐったりとなったリーミンが、巨大な花の中へと戻されていた。

「リーミン、我の子種を得た気分はどうだ?」

天帝がとろりとした笑みを浮かべて覗き込んでくる。

リーミンは力の抜けた身体を起こし、懸命に自分の父をにらみつけた。

「気が触れたとしか思えない」

「気が触れただと？　前から言ってあっただろう。おまえを我が妻にすると。だが、女体にするのはもう少しあとのこととしよう。おまえが真から素直になってからだ。それにおまえの尻はなかなか具合がいい。このまま堪能するのも悪くはない」

「馬鹿なっ……父上はおかしくなっている」

「やれやれ、おまえにはやはり相応の罰が必要だな。口答えがすぎる」

リーミンは我知らずあとずさった。散々陵辱されたばかりなのだ。気丈にしていられるのも限度があった。

しかし身体を動かしたせいで、秘所からとろりと滴ってきたものがある。

天帝に注ぎ込まれた欲望だった。

おぞましさに眉をひそめた時、今度は腕にぬるりとしたものが触れる。

「あ」

振り返ったリーミンは目を見開いた。

今まで何もなかった巨大な花の中心から、雄蕊《おしべ》のような形状のものがにょっきりと生えていた。それに目眩《めまい》がしそうなほど花の香りがきつくなっている。

「これは……？」

「やっと気づいたか、それは南の秘境で咲く淫花だ。その花は淫気を食らう。おまえが尻から垂れ流しているものにつられて、雄蘂が出てきよった。くくっ、いい機会だ、リーミン。それを尻に咥え込んでみよ。さらに心地よくなれるぞ」

「なっ……！」

リーミンは我知らずすくみ上がった。

花の中央で大きくなった雄蘂は、先端が膨らみ、ぬらりと蜜まで滲ませているようだ。

天帝はその雄蘂にリーミンの後孔を犯させる気だ。

血を分けた父に犯される以上に、おぞましいことはないと思っていたのに、陵辱にはまだ先があったのだ。

「いやだ。いやです。いやっ……ひどい、絶対にいやだ！」

もう意地を張る気力もなく、リーミンは激しく首を振った。巨大な淫花から逃れようと必死になるが、それも〝力〟を使われて阻止される。

再び宙に浮いたリーミンは、足を広げさせられて、あっけなく雄蘂の上に落とされた。

「やっ、やあ、あぁ……」

今や巨大な男根の形となった雄蘂が、蕩けた蕾に突き挿さる。

たっぷり欲望を注ぎ込まれていた内壁は滑りがよく、奥の奥までしっかりと巨大な雄蘂をのみ込んでしまう。

「どうだ、リーミン？　自分で腰を動かせるか？」

「やっ、お願いです。こんなものを挿れるのは、いやだ」

「そう言うな。その雄蘂は獲物から淫気を吸い取るために、蜜液を出す。これにはどんな強情な生娘《きむすめ》でも涙を流して悶えるというぞ。おまえもたっぷり味わうがいい。自分で動けぬというなら、手伝ってやろう」

天帝の言葉が終わらぬうちから、リーミンの腰が浮き上がる。雄蘂で内壁が擦られるように、何度も何度も上下に動かされた。

敏感な場所を抉られて、また花芯が張りつめる。

「や、あぁ……あっ」

そして天帝の予告どおり、雄蘂の先からじわりと蜜液が滲んできた。

それが粘膜に触れた瞬間、じゅわっと強い刺激が走る。火傷しそうな熱さに、リーミンはすくみ上がった。

だが、次には蜜液で焼かれた場所が、ずきずきとどうしようもないほど疼いてくる。

そうしている間もリーミンは天帝の〝力〟で、強制的に腰を動かされていた。

雄蘂の楔を中心に、円を描くようにまわされると、いやでも蜜液が攪拌される。

天帝の放った欲望とも混ぜ合わされて、秘所からはぬちゃぬちゃと聞くにたえないいやらしい音がした。

「いやだ……っ、もう、やめて……っ、やあっ」

「リーミン、それぐらいで音を上げていては、最後まで保たんぞ。淫花の本領はこれからだ。そろそろ雌蕊《めしべ》が伸びてくる」

楽しげに放たれた言葉にぎくりとなる。

そして天帝の声に反応したかのように、花の中心からまた新たな茎がぐにゅりと伸びてきた。

淫花の雌蕊だ。育つ速度も驚くべき速さだが、その形状があまりにもおぞましい。

「ひ……っ」

雌蕊はぱっくりと口が裂けた蛇のように、リーミンの花芯を狙っていた。

腰の動きは止まらず、雄蕊に犯された中がますますぐちゃぐちゃにぬかるんでいく。

そして雌蕊が唐突に、リーミンの花芯に食らいついてきた。

「やっ、やあぁ――っ」

蛇の口にのみ込まれたかのように、すっぽりと根元まで覆われる。

雌蕊はねっとりとリーミンの花芯に密着して、咀嚼するかのようにぐにゅぐにゅ蠢いた。

そのうえ先端に滲んだ蜜までちゅるりと吸われる。

いっぺんに鳥肌が立った。ざわりと背筋もざわめく。

これが快感だとは絶対に思えない。なのに吸われた花芯がさらに痛いほど張りつめた。

「ああっ、あ、くっ……ううっ、あっ」

天帝の〝力〟は少しもゆるまず、容赦なく腰を揺らされている。雄蘂で擦られた中はもうどろどろになっていた。

そのうちに花の中心からまた新たな細い茎が伸びてくる。雌雄どちらなのかはわからない。けれど、それは蔦のようにしなりながらリーミンの乳首に吸いついた。

「ううぅ……っ、ぅ」

「おお、涙をいっぱいこぼしておるの。ますますよい顔になってきた」

いつの間にか近寄った天帝がつと手を伸ばしてリーミンの顎を捕らえる。

とっさに顔を背けたけれど間に合わず、ねっとりと口を塞がれた。

「うく……ん、ぅぅ」

天帝は長い舌を挿し込んで縦横にリーミンの口を味わっている。

恐ろしいのは、身体中を異物に犯されているのに、疼きが止まらないことだ。

いやでたまらない。

おぞましくてたまらない。

それなのに、淫花に犯されているのが気持ちいいと感じてしまう。

頭が徐々に朦朧《もうろう》として、疼きを鎮めてくれる刺激以外は、どうでもよくなる。

このままでは、おかしくなる。本当に狂ってしまう。

いや……いやだ。助けて……レアン……助けて……。

リーミンは悦楽に侵食された頭の隅で、懸命に美しい獣神の姿を思い浮かべた。

銀色に輝く体毛をなびかせ、青い眼を怒りで燃えさせながら、狼は必ず助けに来る。

自分はもうあの銀狼の番《つがい》。だからレアンは絶対に、番《つがい》を取り戻しに来る。

レアン……早く助けに来い。

レアン……レ、アン……。

だが幻に縋ろうとした刹那、リーミンの中の雄蘂が突然膨れ上がる。奥に挿り込んでいる先端部分が、熟れた果実のように巨大化した。

「うっ！」

驚きで目を見開いたリーミンに、天帝は赤い瞳を光らせながら、にやりとほくそ笑んだ。

「始まったな」

天帝の言葉を合図に、膨らんだ雄蘂が一気に弾ける。

先端に無数の亀裂が入り、ぱっと花開くように縦割れを起こして蕩けた襞《ひだ》を叩いたのだ。

「ひっ、うう——っ、……く」

大量の蜜が飛び散って粘膜から吸収される。

雌蘂に噴き上げた欲望をすすられながら、リーミンは悶絶《もんぜつ》した。

「おお、よい子じゃの。これでいっそう可愛らしくなるはずじゃ。好きなものをいっぱい挿れてやるぞ。そこにおるおまえの兄たちにも手伝わせよう。淫花の蜜は強力だ。いくらでも男が欲しくなろうからの」

愉悦と狂気が滲む声を聞きながら、リーミンはふうっと意識を遠のかせていた。

† 奪還

獣神レアンは疾風のごとく原野を駆け抜けていた。

目指すはこの世界の東の果て。

結界が繋がっていればこんな苦労はしなくてすむのだが、訪ねるのは、過去に一度会っただけの相手だ。今は自分の肢で走るしかなかった。

森を抜け、草原をひた走り、炎熱の砂漠も駆けとおす。

渇きを癒やす暇もなく峻厳《しゅんげん》な高山に入り、鋭い岩壁で肢を傷つけられてもかまわずに、ひたすら東を目指した。

極寒の雪原では猛吹雪に見舞われ、飢えと寒さに苦しめられたが、一瞬たりとも休まずに駆けとおした。

何よりも大切だと想っている番《つがい》を奪われた。

どんなことがあろうと、絶対に取り戻す。

レアンの頭にあったのはそれのみだ。

天帝がリーミンを連れ去ったと知った時、見境もなく天上界まで押しかけていきたくなるのをぎりぎりのところで堪えた。

天帝カルフはアーラムの世界で最強の〝力〟を有している。まわりに侍《はべ》る神々も実力者揃い。レアンが単独で戦ったとしても、勝てる相手ではない。

それに慣れない天上界では、奇策をもってリーミンを取り戻すのも難しい。

だが天帝に縋ってみたところで結果は同じだろう。掌中の玉と可愛がっていたリーミンを返してくれる可能性は極めて低かった。

無理やり取り戻そうとすれば、どのみち天帝とは争うことになる。だとすれば、先に誰かを味方につけるしかなかった。

神と狼との間に生まれた自分は半神にすぎない。強い〝力〟を持たない己を、どれほど歯がゆく思ったところで、結果は同じなのだ。

向かうべきは東――。

そして東方の神々の〝力〟を借りる。

同じ天上の世界でも、天帝を長とするアーラムの神々と、東方の神々とは常に対立していた。

レアン自身は争いに加わったことはなかったが、東方でも最強という噂の龍神《りゅうじん》とは、過去に一度だけ顔を合わせたことがある。

充分に信頼できる相手だ。伏して頼めば、龍神はきっと協力してくれる。

レアンはひたすら東を目指した。

目の前にはまた天に届かんばかりの山が出現して、行く手を阻《はば》む。岩肌に鉤爪を食い込ませて跳躍を続けるうちに、皮膚が破けて血がしぶいた。

だが、ここで止まるわけにはいかない。

リーミン様……俺が行くまで待っていてくれ。

リーミン様……。

恋しい人の面影のみを抱いて、レアンは傷ついた四肢を踏ん張った。

頂上が近くなるとまたもや猛吹雪に襲われる。視界が完全に閉ざされ、行くべき道も見失ってしまいそうになった。

その時ふっと心の底でかすかな疑念が湧き上がる。

本当はどうなのだろう？

リーミン様は、俺のところに戻りたいと思ってくれているのだろうか？

実の父親の妻になる。リーミンが避けたかったのは、その一点だ。

だからこそ、獣神の番《つがい》になったほうが、まだましだと叫んだだけで……。

レアンのほうは、これぞ僥倖《ぎょうこう》とばかりに無理やりリーミンを抱いた。

最初のうちはいやがっていたリーミンも、この頃では抱くたびに奔放《ほんぽう》な反応を見せてくれるようになった。

高慢だった物言いがやわらかくなり、時折優しさや気遣いまで見せてくれるようになって……。

そうだ。自分が傷ついた時は、番《つがい》に死なれては困るとまで、言ってもらって……。

しかし、そんなことで、自分は嫌われていないと思い込むのはどうなのだ？

リーミンは天上界で大勢の者に傅《かしず》かれていた。恐れ、敬い、賛美する者は数知れず。なのに、下界の森にはたったひとり、レアンがいるのみだ。

慣れ親しんだ天上界へ、父である天帝の元に戻るのは、むしろリーミンの望むことではないのか……？

生涯をともにする伴侶《はんりょ》だと思っているのはレアンだけで、リーミンはせいせいしているのではないか……？

忍び込んだ疑惑は、忽《たちま》ちレアンの心を侵食した。

身体中傷だらけになって東を目指したところでなんになる？

まったく無駄になるのではないのか？

いや、それでもリーミン様は俺のものだ。取り返さずにはいられない。

「リーミン様！」

レアンは猛吹雪の轟音《ごうおん》に負けぬ勢いで吠《ほ》えた。

白一色となった世界に、銀色の狼の咆吼《ほうこう》が木霊《こだま》となって響き渡る。

レアンはぴくりと耳を立てた。

何か聞こえる。

颪と木霊の音に交じり、かすかに聞こえてくる声がある。

――レアン……助けて……早……、助け……来て……。

幻聴などではない。

これは間違いなくリーミンの声だ。

レアンはぶるるっと身を揺すって、背中に積もった雪を払った。

空耳でもいい。幻でもかまわない。

リーミンは確かに助けを求めている。

他ならぬ、この自分に助けを求めているのだ。

さらに進んでいくと、目の前に深い谷が出現した。

垂直の崖《がけ》が遥か下まで続き、レアンの目をもってしても、まったく底が見えない。強風に渦巻く雪で、対岸の様子も定かではなかった。

だが、迂回《うかい》している暇はない。真っ直ぐにこの谷を飛んでいくしかなかった。

「リーミン様」

レアンは低く唸るように言って、跳躍の助走を確保するために、何歩か後退した。

疲労で全身が強ばり、傷ついた四肢はごつごつした岩を踏みしめるだけで激しく痛んだ。

でも身体を癒やしている時間もない。

レアンは腰を低くして力を溜め、一気に前へと飛び出した。力強く岩を蹴《け》って、空中に身を躍らせる。

跳躍に失敗すれば、谷底に叩きつけられる。半神であっても致命傷は免れない。

ぐんと可能な限り四肢を伸ばして、少しでも遠くまで。

見えた。対岸だ。届く。

だが、レアンの前肢は岩に触れただけだった。鉤爪を食い込ませても体重を支えられず、爪そのものが無残に剝がれる。あとはもう体勢を立て直すことさえできずに、宙に投げ出された。

「……リーミン……」

発した声は強風でむなしく散らされる。

そしてレアンの身体は暗い谷底へと吸い込まれていった。

†

リーミンは淫らに腰を揺らめかせながら、淡い笑みを浮かべていた。

気持ちがよくてたまらない。狭い蕾を太いもので擦られるたびに抑えようのない快感に支配される。

体内に吸収された淫花の蜜は、リーミンの思考まで甘美な毒で奪っていく。

「リーミン、そんなに気持ちがいいのか？」

「あ、ぅ……、気持ち……い、い……ぅぅぅ」

「何度極めても、またここを膨らましているな。尻を犯されるのが、それほどいいとは、なんと淫乱な奴」

「やっ、ああっ……も、もっと……欲しいっ」

中を犯されつつ、張りつめた花芯にも手を滑らされる。それでも足りずに、リーミンは催促するように自分からも腰をくねらせた。

「仕方のない奴だ。咥えてやろう」

だらだら蜜をこぼし続ける花芯が、生温かく湿った感触で覆われる。

とたんに頭頂まで突き抜けるような愉悦に襲われて、リーミンはひときわ高い声を放った。

「あああっ！　……っふ、く……っ」

極めてしまいそうになると、自然と根元が締めつけられる。

出口を失った欲望で、さらに身体が熱くなる。それなのに、口に含まれたままで先端に溜まった蜜をすすられる。

敏感な胸の粒も同時に吸い上げられて、リーミンは涙を溢れさせた。

もう誰にどこを犯されているのかもわからなかった。天帝の男根のみではなく、ふたりの兄にも順に後孔を犯されているのだ。

淫花の蜜でおかしくなった頭では、これが禁忌《きんき》の行為であることすらわからなくなっていた。

けれど、時折視界を掠める幻がある。

銀色の体毛を美しくなびかせた巨大な獣……。

真っ青な瞳でじっと自分を見つめる狼の雄々しい姿……。

違う……これは違う……。

自分を抱いていいのは、あの狼だけだ。

何故なら、あの狼こそが自分の番《つがい》……。

「いや……だ……もう、いや……レア……助け……て」

リーミンは切れ切れに呟きながら、宙に手を伸ばした。

けれど、縋ろうとした幻は、太い杭を最奥まで突き挿されただけで、掻き消えてしまう。

「何を見ている、リーミン？　快楽で狂うのはいいが、他のことで気を散らすのは許さんぞ」

背中から腕が伸びて固く抱きしめられる。

今、リーミンを犯しているのは天帝だった。うなじに舌を這わされて、やわらかな肌を吸い上げられる。

ぞくりと身を震わせた瞬間、リーミンはいちだんと強く天帝の男根を締めつけていた。

っ た 。

首を振り、涙で曇った目を開けると、花芯を咥え込んでいるのは、茶色の髪のイサールだった。

「やっ、ああっ」

身体の奥から再び快感が迫り上がってくる。

イサールはねっとりとリーミンの花芯を舐めまわし、上目遣いに見上げてくる。

天帝の面差しに似たイサールは性格も天帝にそっくりで、リーミンを嬲ることが楽しくて仕方ないといった様子だ。

胸の尖りを弄っているのは金髪のバラクだった。残酷さを秘めた長兄は、嚙みちぎられるかと思うほどの勢いで乳首に歯を立てている。

「痛っ、や……ああっ」

首を振った瞬間、再び天帝がずくりと深く突き上げてくる。

中に熱い飛沫が浴びせられ、リーミンはぶるりと身体を震わせた。

「うっ、ぅぅ……」

ずるりと天帝の男根が引き抜かれる。だが、ほっと息をつく暇もなく、リーミンは次兄に腰を抱えられた。

「次は俺だ」

「ああっ」

あてがわれたと同時に、最奥まで一気に貫かれる。

乳首を弄っていた長兄は、リーミンの口に張りつめたものを押しつけてきた。

「舐めろ、リーミン」

「うぅ、っ、……く、ぅぅ」

無理やり口に含まされ、リーミンは苦しさのあまり涙をこぼした。

けれど、身体中痺れたように熱いのは変わらない。全身を淫花の蜜で冒《おか》されているせいで、何をされても気持ちがよかった。

「際限もなく、ようも欲しがるものだ。リーミン、淫楽に狂いおって……だが、それでいい。おまえが啼く声は絶品だ。愉悦に歪む、その苦しげな顔ものぉ……」

天帝の声は遠くから聞こえてくるばかりで、リーミンの耳をとおり過ぎていく。

待っているのは次に来る悦楽の大波だけだ。

しかし、快感を運んでくるはずの動きが唐突に止まる。

「なんだ？」

「なんとしたこと！　敵襲かっ！」

「馬鹿な！　宮殿を直撃されたか？」

身体に絡んでいた腕がいっせいに離れ、男根も引き抜かれる。

一瞬にして天帝と兄たちの姿が消え失せた。

「うっ……ぅ」

支えを失った細い身体は、くたくたと床に頽《くずお》れた。

リーミンは潤んだ目を見開いて、ぼんやりとあたりを眺めた。

天帝の間には玉座がぽつんと置かれているのみで、誰の姿もない。ただし、宮殿全体が何か大きな衝撃を受けて土台から揺れ動いていた。

何かただならぬことが起きたようだが、リーミンはただぼんやりそこに座り込んでいた。

淫花の蜜で冒された頭では、何ひとつまともに認識できない。

しかし、ぼんやりした視界の中で何か小さなものがこちらへと走り寄ってくる。

「リーミン様！　よかった！　さあ、これを着てください」

小さな虎模様の猫だった。口には薄物の長衣を咥えている。

猫は口からその長衣を離すと、うるさい声でがなり立てる。

「リーミン様！　惚けている場合ではございません！　早くしないと間に合わなくなります。さあ、しゃんとして！　これを着てください！」

リーミンは眉をひそめた。

それでも猫があまりうるさいので、のろのろ長衣を身につける。

「リーミン様、水晶柱を呼んでください。封印は解きました。さあ、早く！　水晶柱を呼ぶんですよ！」

リーミンはまだものを考えられる状態ではなかった。しかし、水晶柱を呼ぶのは慣れた行為だ。促されるままに手を翳し、いつもどおりの言葉を口にする。

「我が元へ戻れ」

次の瞬間、空中に突然光り輝く水晶柱が出現する。

宵の色と夜明けの紅が交じり合う水晶柱は、間を置くこともなく、リーミンの白い額に吸い込まれていった。

それを見届けた猫が、大きくため息をつく。

「よかった……。これで、なんとかなる。さあ、リーミン様、ぼくについてきてください。こっちです。レアン様が迎えに来てますからね」

「レアン？」

訊ね返しながらも、リーミンは淡い微笑を浮かべた。

とても懐かしく、声にすると火が灯《とも》ったように胸の奥が温かくなる名前だ。

「そうです。レアン様ですよ。さあ、早くしてくださいったら。もう、ぐずぐずしてると、ぼくの苦労が水の泡になっちゃうじゃないですか」

猫はつけつけと文句を言う。

だがリーミンは、レアンというただひとつの安心できる名前につられて、のろのろと床から立ち上がった。

龍神をはじめとする東方の神々の軍団は、今までにない数を揃えて宮殿を攻撃した。アーラムの神々も即行で応戦し始める。

東方軍の先頭は龍神、他にも獣の血を引く半神が多く交じっていた。

迎え討つアーラム軍は天帝カルフとふたりの息子が中心になっている。

神々は〝力〟を駆使して戦っていた。

稲妻が走り、雷鳴が轟《とどろ》く。突風が吹き荒れ、すべてを舐め尽くすようにあちらこちらで炎も燃え上がる。

しかし、アーラム軍はやや劣勢となっていた。東方軍の奇襲を受けた時、主力の三神の応戦が僅かに遅れたのが原因だった。

強固な結界に守られた宮殿も、敵味方双方から凄《すさ》まじい直撃を食らい、轟音を響かせながら崩れていく。

神々の戦いが続く中で、レアンは崩れ始めた宮殿内を疾駆していた。

谷底に落ちて腹に大きな傷を負い、銀色の体毛が今は血の色に染まっている。爪も剝がれ、四肢にも無数の傷ができていたが、ひたすら恋しいリーミンだけを求めて駆けとおした。

すばしこく、知恵もあるカーデマが、東方軍があらかじめ宮殿に忍び込ませてあった斥候《せっこう》を通じて、落ち合う場所を知らせてよこしたのだ。

リーミンの無事な姿を見るまで、もう一瞬たりとも待てない。

そして、命よりも大切な番《つがい》、リーミンは花園に立っていた。

長じてのち、初めて再会を果たした、あの花園だ。

背後では宮殿が崩れて瓦礫《がれき》が飛び散っていたが、リーミンにはどこにも怪我はなさそうだった。

光り輝くような美しさを保つ姿に、レアンの胸は歓喜に震えた。

「リーミン様！」

「……レアン……？」

少しずつ自分を取り戻しつつあったリーミンが、囁くように番《つがい》の名前を呼ぶ。

銀狼は一瞬にして距離を詰め、愛しい伴侶に雄々しい身体を擦りつけた。

「リーミン様、無事でよかった。早くここから出ましょう。俺の背に乗ってください」

急き込んで促すと、リーミンはおずおずと、まるで怖がっているかのように手を伸ばしてきた。

それでもレアンがじっと立ち尽くしていると、細い指で銀色の毛をぎゅっとつかまれる。

「さあ、早く、リーミン様」

再度呼びかけると、リーミンはようやく踏ん切りをつけたように、レアンの背に跨《また》がった。

大活躍だったカーデマもぱっと地面を蹴って、レアンの首筋に飛び乗ってくる。

銀狼はその背に最愛の番《つがい》を乗せて、天上界の結界から駆け去った。

天上では神々の戦いがまだ続いていたが、先に離脱することは最初から了解済みだ。

向かうのは東方にある小さな森。

応援を求めに行った時とは違い、東方軍の結界をとおっているので、さほど時間をかけずに目的地に到着するはずだった。

† 永遠の誓い

そこは獣神の森とはずいぶん様子の違った場所だった。

この森の木々は尖った葉を持つものが多く、幹も真っ直ぐ天を突き刺すように伸びている。だが、全体の数は疎《まば》らで下草の成長も悪い。小動物や小鳥、虫の気配もほとんどなく、なんとなく寂しい印象があった。

「ここが東方の森？　なんだかつまらなさそうなところですね」

一番に遠慮のない声を上げたのはカーデマだった。

まだ猫に変化したままで、それゆえ好奇心を抑えきれないのか、カーデマはさっそくあたりを探検しに飛び出していく。

「申し訳ありません、リーミン様。ご不快でしょうが、お許しください。俺はしばらく男体に戻れそうもない」

レアンがため息交じりの声を出し、リーミンはふさふさとした背中から大地へと滑り降りた。

「馬鹿か、おまえは……そんなことはどうでもよい。それより、早くその傷を治さないと」

レアンは文字どおりぼろぼろだった。

狼の毛は汚れ、あちこちが擦り切れている。劫火《ごうか》に焼かれて無残に縮れたところもあった。

蹠《あしうら》には無数の切り傷ができ、左肢の爪は剝がれている。

何よりも、ばっくりと抉られた腹からは、いまだに血が噴き出しているのだ。けれどレアンはその傷をぺろりとひと舐めし、そのあとは悲しげにリーミンを見つめてくるだけだ。

狼の姿なら、こんな傷など一瞬で治せるはず。なのに、レアンの様子はどこかおかしい。噴き出す血さえ止められないとは、考えられないことだ。

「もしかして……あの森じゃないと駄目なのか？　ここでは、狼の姿でも、その傷を治せないのか？」

不安に駆られて問うと、レアンが小さくため息をつく。

「すみません、情けないところをお見せして。小さな傷ならなんとかなるが、腹の傷は深すぎる。ここでは〝力〟も吸収できない」

リーミンはぞっとなって、思わず銀色狼の首筋に抱きついた。

レアンは自ら丹精《たんせい》したあの森から〝力〟を得ている。だが、ここはレアンとはなんの関係もない土地。だから、傷の治癒も行えない。

「レアン、どうしてこんな馬鹿な真似をした？」

リーミンはレアンのふさふさした首にしがみつきながら、責める言葉を口にした。

このままではレアンが死んでしまうかもしれない。

そう思ったら心底恐ろしくなった。

「リーミン様……」

「天帝に逆らえば、おまえは自分の棲み処に戻ることさえ叶わない。今頃あの森はきれいさっぱり消え失せているだろう。何もかも失うことは最初からわかっていただろう？　それなのに、どうしてこんな無茶な真似をした？」

涙を溢れさせながら責め立てると、レアンは宥めるように頭を擦りつけてくる。

「リーミン様、俺にはあなたより他に大事なものはない。あの森は確かに我が〝力〟の源だった。しかし、あなたと引き替えにできるなら少しも惜しくはない。それに、あなたのためにこの命を捧げられるなら本望でした」

静かに言うレアンに、リーミンは子供が駄々《だだ》をこねるように激しく首を振った。

「駄目だ、駄目だ……っ、そんなことは許さない。おまえが死ぬなんて、絶対に許さないからなっ」

「大丈夫ですよ、リーミン様。いくら天帝の〝力〟が強くとも、ここは東方の地。俺は死んだりしません。幸い龍神がこの森をやってもいいと言ってくれている。今はさほど大きくはないが、これからしっかり育てていけば、また森から〝力〟を得ることができます」

「そんな先のことはどうでもいい。おまえの傷が治らなかったらどうする気だ？」

リーミンはレアンに抱きついたままでさらに涙を溢れさせた。

レアンは長い舌で宥めるようにその涙を舐め取っていく。

「心配しないで……。こんな傷、すぐに治ります。今だってあなたがそばにいてくれるだけで、〝力〟が湧いてくる」

きっと気休めだ。

〝力〟の源を失った神がどれほど惨めになるか、リーミンは身をもって知っている。

レアンはまして半神だ。あの森を離れることがどれほど打撃になるか。

だが、リーミンはそこではっとなった。

〝力〟の源？

自分はすでにそれを取り戻したのではなかったか？

リーミンは狼の首筋に埋めていた顔を上げた。

「レアン、馬鹿なのは私のほうだった。しばらく使っていなかったせいで、すっかり忘れていた。私はもう水晶柱を取り戻した。おまえの傷を治すぐらい、造作もない」

リーミンは思わずにっこりと微笑みながら、レアンの一番深い傷を両手で覆った。どくどく噴き出す血で、リーミンの手は忽ち真っ赤に染まってしまう。

「リーミン様、手を離してください。これ以上汚れては申し訳ない」

レアンはリーミンの手から逃れるように、ゆらりと巨大な身体を後退させる。

「動くな。じっとしていろ、レアン」

リーミンはすかさず命じた。

そうして血だらけになった片手を額に翳す。軽く目を閉じると、なめらかな額にはすぐに〝力〟の源である水晶柱が浮かび上がってくる。

それは宵の空の群青と明け方の紅、二色が交じり合う不思議な光を発していた。

リーミンは額とレアンの傷、双方に手を置き、軽く念じる。

――傷を癒やせ。レアンの傷を残らず癒やせ。

「リーミン様……」

額にある水晶から発した光が、リーミンの身体を通じ、傷を塞ぐ手まで流れていく。

レアンの深い傷は、その光に触れたと同時、見る見るうちに塞がっていった。

しばらくして、リーミンがほっと息をついてレアンから手を離す。

「これでいいだろう」

「ありがとうございます、リーミン様」

力を取り戻した銀狼は、青い眼で真摯にリーミンを見つめてきた。

「礼など言わずともよい。それに……礼を言わねばならぬとしたら、私のほうだ。おまえが連れ戻しに来てくれて嬉しかった」

さらりと告げると、レアンが驚いたように目を瞠る。

常に高飛車な態度を取ってきたのだ。今さら素直な心情を吐露《とろ》するのは、自分でも気恥ずかしい。

レアンは、リーミンの恥じらいに気づくこともなく、しばし呆然としていたが、そのうちまったく別のことを訊ねてきた。

「でもリーミン様、本当に……よかったのですか？」

「何が、だ？」

「俺はただリーミン様を取り戻したい一心で、突っ走ってしまいました。しかし助けを求めた東方の神々と天帝は仇敵同士。リーミン様は俺のせいで、裏切り者の汚名を着せられるかもしれない」

不安げな声に、リーミンはほっと息をついた。

「そんなこと、どうでもよい」

「しかし、もう二度と、宮殿には戻れなくなるかもしれないんですよ？　それでもいいとおっしゃるのですか？」

レアンが何を案じているかを知り、リーミンはゆるく首を振った。

アーラムの神々と東方の神々は長い間対立してきた。今回は東方軍の優勢だったらしいが、これからも戦いは続いていくだろう。

レアンはリーミンのために、東方に与《くみ》することになった。レアンとともに東の地に落ち延びれば、父とは永久に決別することになる。

レアンが心配そうに見ているのは、リーミンの気持ちを推《お》し測っているからだろう。けれどリーミンはもう決意を固めていた。

自分の息子を欲望のみで陵辱するような父のそばにはいられない。

「レアン、私はもう宮殿に戻る気はない」

「しかし、リーミン様……」

「子供の頃の私は、父に認められることだけを望んでいた。母は類い稀な美しさを持っていたが、自分の子のことはいっさい顧みない人だった。子供の頃は何故、父が来る時に限って館から出されるのか、母の気持ちが理解できなかった。けれども、長じてのちに、宮殿から正式に迎えが来た時、母は初めて私に醜い一面を見せたのだ。自分は湖の館に留め置かれたのに、子供の私ひとりが宮殿へ召されることを快くは思わなかったようだ。嫉妬《しっと》……だったのかもしれない。あるいは、まったく別の、権勢欲、みたいなものだったのかもしれない。とにかく、私はずっと母に疎まれてきた。だからこそ、天帝に息子として迎え入れられたことが嬉しく、誇らしかったのだ。よくよく考えてみれば、母があああなってしまったのは、父のせいだろうと思う。知ってのとおり、父は母の他にも、何人も后を迎えている。あげくの果ては、私にまで……っ」

父に犯された屈辱が蘇り、リーミンは唇を嚙みしめた。

リーミンの気持ちを思いやってか、レアンがすっと身体を寄せてくる。

首筋のふさふさした毛をつかみながら、リーミンはため息をついた。

「湖の女神様は、今もあの館にお出《い》でなのでしょう？　養い親がお役目を解かれて以来、湖の館にお伺いしたことはありませんが……」

「ああ、母上は今も湖の館で暮らしている。ご機嫌伺いでお訪ねしようと思っても、断られてばかりだ」

「リーミン様」

レアンのほうが傷ついたような顔をするので、リーミンは逆におかしくなってきた。

「レアン、もう一度言う。私はもう宮殿に戻る気はない」

子供の頃、天帝に認められることのみを望んだのは、〝力〟を持って生まれた自分は、その〝力〟を認められてこそ、存在価値がある。そう思い込んでいたからだ。

けれども、すべては幻想だった。

己の欲望を遂げるためだけに使う〝力〟には、なんの意味もないと知ったばかりだ。

天帝は確かにアーラム一の〝力〟を持っている。しかし、何人もの后を持ってなお飽き足らず、血を分けた息子まで陵辱する。

そんなことのためにある〝力〟なら、むしろ、ないほうがいい。

それがようやくわかった。

しかし、この銀色狼は違う。自分の外見だけに惑わされたわけではなく、他を圧する

〝力〟に屈したわけでもない。ただのリーミンとして、そばに置くことを望んでくれた。

だから、選ぶならこのレアンしかいない。

「レアン、私はおまえの番《つがい》だろう？　だからおまえのそばが、私のいるべき場所だ」

リーミンは静かに決意を伝えた。

だが、よほど意外だったのか、レアンは呆然としたように立ち尽くしているばかりだ。そして、しばらくしてようやく口を開く。

「リーミン様……本当に、それでよいのですか？」

「ああ、それでいい。もう決めた。ただし、最初に断っておく。私は弱い者は嫌いだ。おまえは早くこの森を大きくして、もっと〝力〟を蓄えろ。そして、もう二度と私をあんな目に遭わせるな」

リーミンは傲慢な言葉を吐きつつも、銀色の体毛の中に細い手を差し込んだ。

「リーミン様、俺はまだ汚れている」

レアンはびくりとあとずさる。

けれどリーミンは、にっこりと極上の微笑みを浮かべながら、銀色の毛に差し込んだ両手を滑らせた。

そうして、自分から身を寄せて狼をぎゅっと抱きしめる。

血で汚れようが、泥で汚れようが、そんなことは少しも気にならなかった。

最初は嫌悪を覚えた獣の姿も、今は心の底から美しいと思う。

何故ならこの銀色の狼こそが、自分の伴侶だから――。

「レアン、今すぐ私を抱け」

リーミンは囁くように要求した。

すると再び狼がびくりと怯み、身を震わせる。

「リーミン様、すみません。傷は治してもらいました。しかし、まだこの姿を変えるほどの〝力〟は……」

リーミンは食い入るようにレアンの青い双眸を見据えた。

「狼のままでいい！　わ、私は父と兄に陵辱された。淫花の蜜を使われ、散々嬲り尽くされた。おぞましい感触がまだ身体中に残っている」

ぶるりと震えたリーミンに、銀狼はいっそう巨大な体躯を近づけてくる。

「リーミン様、もうおやめください。どうかお願いです。これ以上、ご自分を傷つけるのはやめてください」

「これも全部、おまえが早く助けに来なかったせいだ！」

怒りのぶつけどころがなくて、リーミンは我知らず叫んでいた。

「すみません。すみません、リーミン様。俺の力が足りないばかりに……もっと強い力さえ有していれば、リーミン様をお守りできたのに」

リーミンは、申し訳なさそうに言うレアンの首筋に、再び顔を埋め込んだ。

本当は、こんなことを要求するのが死ぬほど恥ずかしい。

それにレアンが、この嬲り尽くされた身体をどう思うのか、不安でたまらなかった。

こうしてやわらかな体毛に顔を埋めていれば、最悪の答えが返ってきたとしても、涙を見られずにすむ。

どんなことがあろうと矜持だけは失わない。

そう思ってきたのに、こんなにも気弱になる自分が情けなかった。

リーミンはぐっと奥歯を噛みしめて顔を上げた。

そして、粉々に砕け散った自尊心の欠片《かけら》を掻き集めて、己の番《つがい》に命じる。

「謝るばかりでは埒があかない。レアン、悪いと思っているなら、早く私を抱け。肌のあちこちに、おぞましい感触が残っている。だから、おまえ自身の手で、このいやな感触を消してくれ」

「リーミン様、しかし、俺は変化が……」

「いいと言っている。それとも……、汚れた私には、触れたくないのか?」

そこまで言った時、ふいに銀狼が飛びついてくる。前肢で胸を押され、ふわりと身体が浮いた。レアンはもう片方の前肢でしっかりリーミンの腰を支え、そのあと草地に転がされた。

レアンは飢えたような唸り声を上げながら、のしかかってきた。

そうしてものも言わずに、いきなりリーミンの肌を舐め始めた。

「あ……っ！」

頬から唇、そして首筋から耳朶へと湿った舌が滑らされる。次には鋭い牙で長衣を引き裂かれ、あらわになった肌もくまなく舐め尽くされた。

胸の飾りはほんの少し舌先が掠めただけで、ぷっくり勃ち上がる。

「あ、レアン……あっ」

恥ずかしさに身をよじっている間に、レアンの舌は花芯まで到達した。ゆっくり舌を這わされると、忽ちそこが硬くそそり勃つ。

「リーミン様は、どこも美しい」

「い、言うなっ……。わ、私はすっかり淫らになった。それもおまえのせいだ」

「嬉しいです、リーミン様。俺のせいで、リーミン様は感じているのですね」

レアンはそう言って、再び花芯に舌を伸ばしてきた。

そこは天帝や兄たちに散々弄ばれた場所だ。

望みもしないのに、無理やり快感を引き出された。頭では拒んでいるのに、何度極めさせられたことか。

けれども、そのいやな記憶が、レアンの愛撫で塗り替えられていく。

尖らせた舌で、張りつめた亀頭をくすぐられると、たまらなかった。

身体の奥が疼くように熱くなって、先端には忽ち蜜が滲んでくる。

「ああっ、あ……くっ」

思わず腰をよじらせると、レアンは蜜で濡れた窪みも舌先で突くように刺激する。

そのうえ、レアンは張りつめた幹に牙まで立ててきた。

「いやだっ！」

咬みちぎられるかもしれないとの恐怖で、リーミンはさっと腰を引いた。

だが、レアンが太い前肢で腰を押さえ込んでいるので、ろくに動けない。

「あなたを傷つけたりしない。リーミン様、俺を信じてください」

そう囁いたレアンが、牙をすうっと滑らせてくる。

張りつめた花芯の根元まで。それからまた先端へと牙を滑らされ、リーミンは身悶えた。

「ああっ、あ、やぁ……っ」

怖いのに、刺激がたまらない。身体の奥底から欲望が噴き上げてくるようだ。

レアンは何度も牙を往復させて、さらにリーミンを追い込んだ。

長衣はすでに裂かれている。剝き出しになった胸を、爪を立てた状態で撫でられると、身体中が瘧《おこり》のように震えた。

「リーミン様、気持ちいいですか？　ここもすっかり硬くなった。引っ掻いて差し上げましょうか？」

レアンはそう言いつつ、ぷっくり硬くなった乳首を鋭い鉤爪の先端できゅっと押す。それと同時に、図ったかのように、花芯の根元から先端までを、ぞろりと舐め上げられた。

「やあっ……あ、ふっ……うぅ」

一気に極めてしまいそうになったが、気配を察したレアンが意地悪く舌の動きを止める。すると、解放され損なった熱が身体中に停滞し、よけいにぶるぶると震えてしまう。

「まだ、ですよ、リーミン様。もう少し我慢すれば、もっと気持ちよくなれます」

「や、だ……もう、達きたい」

リーミンは子供のようにかぶりを振りながら、舌足らずな口調で頼み込んだ。

レアンはリーミンの下肢から顔を上げ、青い眼でじっと見つめてくる。

鋭い牙が覗く裂けた口。巨大な獣の姿に、一瞬怯みそうになるが、これは自分の番《つがい》である獣神だ。

それにレアンは決して自分を傷つけたりしない。

そして、心の底から自分を欲しがっている。

たとえ、他の雄に蹂躙《じゅうりん》され尽くした身体でも、青く澄んだ眼で、自分が欲しいと熱っぽく訴えている。

「リーミン様」

「んっ」

名前を呼ばれただけで、張りつめた花芯にまた甘い蜜が滲んだ。鉤爪が当たったままの尖りもずきりと甘い痛みを覚える。

そして、触れられてもいない蕾にも、疼くような熱い痺れを感じた。

「レアン……、は、早く……抱いて……っ」

リーミンは、あえかな声で訴えた。

「お、俺を煽らないでください。加減できなくなるかもしれない」

レアンは怒ったように言い、すぐさまリーミンの腰を前肢で抱え込む。

草地に背中をつけ、両足をばらばらに深く曲げさせられた。

「あっ」

レアンは下肢を覆っていた僅かな布を咥えて、横に払いのける。

これで、花芯どころか恥ずかしい蕾までがすべてレアンの眼前にさらされたのだ。

「リーミン様、いやなことを思い出すかもしれない。でも、俺が全部消してあげます。だから、身体を楽にして」

「レ、アン……っ」

言葉どおり力を抜こうとしたが、下腹にレアンの温かな呼気を感じると、びくりと緊張が走る。

「大丈夫」

そう言ったレアンは前肢を器用に使い、折り曲げたリーミンの膝をゆっくり左右に割った。

「あ……っ」

最初に舐められたのは膝の内側だった。

思いがけないことに、レアンの舌は、それから脹《ふく》ら脛《はぎ》をとおり足の先へと滑っていく。

「ああっ！」

足の親指にちゅるりと舌が絡みつき、リーミンは鋭い声を上げた。

レアンは前肢を使ってリーミンの腰を宥めるように撫でながら、足の指にも順番に舌を巻きつけていく。

そんな場所に愛撫されたのは初めてで、どうしていいかわからなかった。

足の指に口をつけるなど、信じられない行為だ。なのに、温かな舌の感触を何故か心地よく感じる。

すべての指を舐め終わったレアンは、そこから徐々に上へと舌を這わせていく。

腹につくほど反り返った花芯は、再びの愛撫を望んではしたなく揺れていた。

「あ……ふっ……んんっ」

もうすぐだ。もうすぐにレアンの舌がそこに達する。

また咥えてもらえるかもしれないとの期待で、リーミンは大きく胸を喘がせた。

だが、舌の軌跡はあともう少しといったところで向きを変え、今度は後孔へと滑っていく。

「やっ、……くぅ……っ」

剝き出しにされた窄まりをぞろりと舐められて、リーミンはあえかな悲鳴を放った。

ほんの少し、舌でなぞられただけなのに、蕾の奥までがあやしいざわめきを起こしている。

それと同時に、張りつめたままで放り出されたものがせつなく揺れた。

自分の恥ずかしい反応で、耳まで赤く染まってしまう。

それなのにレアンは唾液を送り込むように、何度も何度も丁寧にあわいを舐め上げる。

「あ、……ふっ、……うぅ」

腰をよじろうと思っても、痺れたように動かなかった。それどころか羞恥の極みだというのに、もっと舐めてほしいと期待してしまう。

「リーミン様は甘い」

興奮したような声を漏らしたレアンが、尖らせた舌を中まで潜り込ませてくる。

唾液で充分濡らされていた蕾は、嬉々としてレアンの舌を受け入れた。

「ああ……っ、う、くっ」

秘所の中までたっぷり舌で犯される。

淫花の雄蘂と雌蘂に散々そこを嬲られた。いやな記憶が蘇りそうになるが、必死に目を開けると、自分の下肢に顔を埋めているのは銀色の毛並みが美しい狼だった。

これは淫花じゃない。……レアンだ。私を番《つがい》とした森の神——。

そう認識したとたん、身体の奥からじわりと快感が迫り上がってきた。

両足を淫らに開かされ、恥ずかしげもなくさらした秘所を舌で愛撫されている。

「レア、ン……っ」

死ぬほどの羞恥を感じながらも、リーミンは力を抜いてレアンに身を委《ゆだ》ねた。

蕾の中を長い舌で何度も舐められる。

これは清めの儀式と同じ。嬲られ、穢された場所がレアンの舌で癒やされていく。そして身体の芯からもどかしいほどに快感が湧き上がってきた。

舌だけでは物足りない。疼いてたまらないのは身体のもっと奥深くだ。

舌の愛撫では届かないところまで、もっと力強いものを埋めてほしかった。

「レ、アン……」

リーミンは羞恥も忘れ、ねだるように腰を突き上げた。

その拍子にレアンのざらりとした舌が、敏感な壁を擦り上げる。

「あ、くっ……」

ひときわ強い震えがきて、リーミンは思わず甘い声を漏らしながら、背中をしならせた。

下肢から顔を上げたレアンが、改めてリーミンの腰を取る。

くるりと俯せの体勢を取らされて、リーミンは振り返った。

レアンはすぐ背中にのしかかってくる。

前肢を足の間に挿し込まれ、さらに広げさせられる。

たっぷり蕩かされて、物欲しげにひくついているいやらしい蕾が剝き出しになる。

そこに、レアンの火傷しそうなほど熱くなった杭が、擦りつけられた。

獣が番う体勢で犯されるのだ。でも、これは自分で望んだこと。早くひとつに繋がって、かすかに残っているいやな記憶をすべて消し去りたい。

「レアン……おまえがほしい……」

リーミンはあえかな声で望みを告げた。

「リーミン様、あなたは俺だけの番《つがい》だ」

レアンは狂おしく言って、リーミンの蕾に猛々しく滾ったものをねじ込ませる。

みっしりと巨大なものが体内にめり込んできた。

「あ、あぁぁ……、うぅ」

リーミンは激しく息をつきながら、レアンを受け入れた。

内臓を突き破られてしまうかと思うほど、圧倒的な力で犯される。

だが、濡れた粘膜が擦れると、そこから強い快感が噴き上げてくる。

リーミンは懸命に痛みを堪え、その快感に縋った。

「リーミン様、全部あなたの中に挿りました。これでもう、どこにも隙間はない」

「レ、アン……」

どくどくと力強い脈動を放つものが、己の形を覚えさせるかのように狭い場所を押し広げ、傲慢に居座っていた。

隅々まで無理やり開かれて苦しいのに、中の粘膜がいっせいにざわめいていた。

「あなたの中は熱く蕩けている。まだ何もしていないのに、やわやわと催促するように俺を締めつけてくる」

恥ずかしい台詞《せりふ》に、リーミンは懸命に首を振った。

「あっ、あぁ……く、ふっ」

そんな些細《ささい》な動きまでが刺激になって、いっそうレアンの形をはっきりと感じる。熱くて硬い幹。先端の暴力的なまでの張り出し。ほんの少し擦れれば自分を狂わせる歪な瘤。すべてをこれ以上ないほどはっきりと感じた。

「駄目だリーミン様。そんなに締めつけたら、すぐに達ってしまう」

レアンはそう囁きながら、リーミンの剝き出しの背中に口づけを落とした。

「ああっ」

たったそれだけのことで、また中のレアンを締めつけてしまう。

レアンは深く貫いたままでリーミンの腰に前肢を当て、ゆっくり奥を掻きまわし始めた。

「ああっ、あっ……あ、くっ」

揺らされるたびに、嬌声が迸る。

まばらに草が生えているばかりの地に両手をつき、リーミンは絹糸のような黄金の髪を振り乱した。

最奥を突かれると弾けそうになる。何度か抜き挿しを繰り返されると、もう限界が近かった。

だが、リーミンだけではなく、レアンも我慢がきかないように訴えてくる。

「リーミン様、すみません。気持ちがよすぎて長くは保ちそうにない。一回出します」

「あ、やあぁ……っ」

いきなり動きが速くなって、リーミンは悲鳴を上げた。

レアンはしっかりとリーミンの腰を抱き、最奥を掻きまわす。そうしてひときわ強く腰を押しつけたかと思うと、熱い欲望を大量に注ぎ込んだ。

「……リーミン様……俺のものだ……もう二度と天帝には渡さない」

「あ、あぁぁ——……」

最奥に浴びせられた精で、前には触れられてもいないのに上り詰める。

たっぷり吐き出したというのに、レアンはまだ少しも衰えていない。

リーミンは前にのめりながらも、中に咥えたレアンをきつく締めつけた。

「リーミン様、このままもう一度したい。いいですか?」

「や、駄目……もう、駄目……壊れ、る……っ」

恐ろしい言葉を聞いて、リーミンは息も絶え絶えに訴えた。

けれどレアンは許してくれず、リーミンに楔を突き挿したままだ。

背中からしっかり抱かれると、何故かまた、レアンを咥え込んだ奥が疼いてくる。

「んっ」

リーミンはくぐもった呻きを漏らしたが、その瞬間、はっとなった。

自分を抱きしめているのはレアンの力強い腕だ。背中に触れているのは、ふさふさした銀色の体毛ではなく、汗ばんだ熱い肌だった。

「レアン?」

リーミンはぐったりなった身体で必死に振り向いた。

レアンはそのリーミンの顎を捕らえ、そっと口づけてくる。

「んっ」

最初は軽く押しつけるだけだった口づけは、すぐに舌を絡めた深いものになる。

人形となったレアンは黄金の髪に手を挿し入れて、さらに近くへと引き寄せた。

そのとたん、中の楔がずるりと抜け、レアンが大量に注ぎ込んだものが外へと流れてくる。

「……んんっ」

リーミンはひときわ大きく身体を震わせ、それで口づけも解けてしまう。

狂おしく求め合った熱が少し冷め、リーミンは改めて人形となったレアンと向き合った。

「変化、できたのか？」

「そう、みたいですね……リーミン様が傷を全快させてくださったからでしょうか」

レアンは自分でも不思議そうに、自らの身体を眺めている。

いくぶん照れくさそうな表情に、リーミンも頬をゆるめた。

ふたりとも全裸に近い格好で、地面の上に向かい合わせて座り込んでいる。

リーミンはごく自然に状態を倒し、レアンの胸の中に身を預けた。

「よかった。〝力〟も戻ったのだな」

「リーミン様」

レアンは熱っぽく囁いて、リーミンをいっそうきつく抱きしめる。

顔を上げると青い瞳と視線が合う。再び口づけるために、互いに顔を寄せ合ったのも、ごく自然な成り行きだった。

「んんっ」

口中に滑り込んだレアンの舌が、しっとりとリーミンのそれに絡められる。

どこまでも甘く、蕩けるような口づけに、リーミンは陶然《とうぜん》となった。

たった今、達ったばかりなのに、また熱い疼きが身体中を満たしている。

僅かに身動いだ時、リーミンの手が偶然レアンの下肢に触れた。

「んぅ……っ」

心の臓がどきりと音を立て、小刻みに身体が震える。

レアンの欲望が、自分よりさらに硬く張りつめている。

狼の時と同じように、凶暴なまでの力強さを漲らせていた。

リーミンはびくりと手を引いたが、その直後、新たな欲求が湧き起こった。

触れてみたい。いつも触れてもらうだけだった。だから、レアンに触れてみたい。

「レアン……」

リーミンは頬を染め、掠れた声を上げた。

「なんですか、リーミン様？」

レアンは、金色の乱れた髪を優しく梳き上げながら、問い返してくる。

リーミンはますます赤くなった。

口でなど、はっきり言えるわけもない。だが、諦める気もなくて、リーミンはいきなり望んでいたことを実行に移した。

熱い張りをやわらかく握り込むと、今度はレアンのほうがびくりと腰を退く。

いやなわけではないだろう。

そう確信したリーミンは、勇気を得たようにレアンの欲望に愛撫を加えた。

初めての行為だけれど、戸惑いはない。

いつもレアンがしてくれるのと同じことをすればいいだけだ。

まずは巨大なものを手で包み、根元からすっすっと駆り立てる。

「リーミン様、おやめください」

レアンは焦ったようにリーミンの手をつかんだ。

けれどリーミンは首を左右に振った。

「いけません」

厳しい声とともに、ぐいっと手を引かれ、リーミンは美しい眉をひそめた。

「おまえと同じようにやりたい。いけないのか？」

じっと青い瞳を見つめて問うと、レアンは呻くような声を上げる。

「リーミン様……」

「では、いいのだな？」

そう念を押したリーミンはうっすらと微笑み、たじろぐレアンの下肢へと顔を伏せた。

大きく口を開け、逞しい肉棒を咥え込む。

苦しいのを我慢して、ゆっくり舌を這わせると、レアンが小刻みに腰を震わせた。

「ううっ」

口から漏れてくるのも、淫蕩《いんとう》な声だ。

地面に膝をついたリーミンは、両手でレアンを包みながら懸命に奉仕する。背中からこぼれた金色の髪が、レアンの足や地面に落ちる。

誇り高い神として育った自分が、自ら男のものを口に咥える日がやってこようとは、想像したことさえなかった。

それでもレアンが相手なら、少しでも気持ちよくしてやりたいと思う。いつもレアンがしてくれているように、自分も悦ばせてやりたかった。

「っ、む……んっ」

息が苦しく、必死に肩を上下させながら、硬い亀頭に舌を絡める。先端の窪みに少し苦みのある蜜液が滲み、それを舌で全部舐め取った。

「……リーミン様っ」

我慢しきれなくなったのか、レアンが口淫をやめさせようと、両手で頭を押さえてくる。

それでもリーミンはしつこく舌を使い続けた。

「リーミン様、もう駄目です。口を……離してください」

「んんっ、ぅ」

リーミンはいやだと拒むつもりで、かぶりを振った。

その瞬間、レアンが弾けて口いっぱいに熱い欲望を浴びせられる。

「だ、駄目です……っ」

レアンは無理やり自分の杭をリーミンの口から引き抜いた。

「あ、く、うっ」

放出は留まることを知らぬように続き、リーミンの高貴な顔にまで白濁がかかる。

レアンは焦ったようにリーミンを抱きすくめてきた。

「申し訳ありません、リーミン様。あなたの口や顔まで穢してしまって……だけど、俺はもう我慢がききません。お許しください！」

狂おしく言ったレアンがさっとリーミンの腰を持ち上げる。

開かされた両足の間に、熱く張ったものが擦りつけられる。

「そ、そんな……っ、む、無理っ……あああっ！」

蕩けた狭間にみっしりと楔を埋められる。

レアンは二度目を放ったばかりなのに、前よりさらに欲望を膨れ上がらせていた。

「リーミン様、愛しています。あなただけが俺を狂わせる。あなただけが俺の番《つがい》だ……」

レアンはリーミンを抱きしめて、熱い囁きを落とす。

「あ、……レアン……」

ゆっくりと律動が始まって、リーミンは懸命にレアンにしがみついた。

その白い裸身に、どこからともなく蔓《つる》が伸びて、絡まっていく。

それと同時に、疎らにしか草が生えていなかった大地が、いっせいに芽吹き、瑞々しい緑の野へと変貌を遂げていく。

それらは、まるでこの地に新しく生まれた神々を言祝《ことほ》ぐかのような光景だった。

美しいリーミン神と銀色の狼が番っている。

†

カーデマはふたりに気をきかせたつもりで、木立の陰に身を潜めていたのだが、これではいつになったら出ていけるかわからなかった。

狼の執心は最初からわかっていたが、まさかリーミン様まで、森の神に夢中になるとは思いもしなかった。

でも、類い稀な美しさを保つリーミンは、これまでいつもどこか寂しそうだった。気位が高いせいで、弱ったところなど今まで見せたこともなかったけれど、本当は冷酷な神ではないのかもしれない。

何故なら、森の神を相手に、あんなにも甘えて可愛らしくなれるのだから——。

「だけど、リーミン様、あんなに立て続けに抱かれたら、壊れちゃうんじゃないの？　でも、まあ、それでも幸せそうだからいいのか……」

カーデマは不埒なことを思ったが、そのあと急に眠気を覚えて、ふあぁっと大きな欠伸《あくび》をした。

†銀狼の林檎

針葉樹がすくすくと伸びた森の中に、小さな小屋が建てられていた。

神の結界内にあるにもかかわらず、この家の外見は極めて粗末だ。

けれどもここに棲む者たちは、充分に満足している様子だった。

「行ってらっしゃいませ、リーミン様、レアン様。どうぞ、ごゆっくり」

扉の前で丁寧に頭を下げたのは、長衣を着た愛くるしい顔立ちの少年だ。

茶色の巻き毛を肩まで伸ばし、生き生きと輝く瞳の色も薄い茶色。

リーミンによって猫に変化させられていたカーデマが、ようやく本来の姿に戻っていた。

「カーデマ、おまえはまた、我らの留守をいいことに遊びに行くつもりか？」

暁の神は、優雅にカーデマを振り返り、きつい言葉をかける。

けれども、カーデマはその叱責を無視して、つんと澄ました顔をした。

「お言葉ですが、ぼくには色々とやることがあるのです。リーミン様もレアン様も、こんな粗末な小屋で、日々快適に暮らせるのは誰のお陰か、わかっておられますか？」

「カーデマ、おまえという者は、この私にそのような口のきき方をすることは許さんぞ」

リーミンは眉をひそめたが、それを背後からそっと宥めたのは獣神のレアンだった。

「リーミン様、カーデマはよくやってくれている。たまには遊びに行かせてやりましょう。

「カーデマ、おまえは猫に変化させてもらいたいか？」

「はい！」

レアンの取りなしに、カーデマは茶色の目を輝かせた。

猫のままでいるのはいやだったが、遊ぶ時に変化させてもらうのは大好きだ。

たとえリーミンの機嫌を損ねても、いつもこうして獣神が庇《かば》ってくれる。

驚いたことに、主はすっかり獣神になびき、ふたりは本当にいい番《つがい》同士となっていたのだ。

冷酷さは鳴りを潜め、優しく接してくれる機会も増えている。

「仕方のない奴だ。あまり無茶をするでないぞ」

「はい！」

カーデマが勢いよく答えると、リーミンがそっと額に手を翳す。

なめらかな額に青と紅の光が生まれ、それと同時にカーデマは小さな猫へと変化した。

「さあ、リーミン様、行きましょう」

「わかった」

リーミンは伴侶となった若者に促され、素直に頷いた。

カーデマがすばしこくふたりの前から駆けだしていく。

そのあと、リーミンはレアンとともに緑豊かになった森の中の小道を歩きだした。

東方の地へ来たばかりの頃は、ここはただの荒れ地だった。

しかし、レアンが森の神としての〝力〟を注ぎ込み、丹精したお陰で、ここは本当に豊かな森へと様変わりした。

長身のレアンに肩を抱かれながら歩くのは、なんとなく気恥ずかしさが伴った。

気位の高さを誇っていた己が、こうも素直にレアンに従うようになるとは、自分でも驚くべき変化だ。

しばらく森の小道を行くと、広く開けた草地に出る。

そのほぼ中央に、枝を広げた樹木が二本立っており、リーミンは目を見開いた。

「レアン……あの、紅い果実はなんだ？」

立派に育った巨木に比べれば、二本の木はいかにも弱々しい。だが、その木は瑞々しく緑の葉を茂らせ、その間からいくつも紅く熟した果実が顔を覗かせていた。

「これをリーミン様に食べていただきたかったのです」

レアンはそう言ってリーミンから離れ、木の枝に手を伸ばす。

最初よりましになったとはいえ、レアンの着ているものは相変わらず飾り気がない。膝近くまでしか丈のない上衣に、動きやすさのみを優先した脚衣。革製の腰帯をして、そこにすっきりとした鞘《さや》に収めた長剣を帯びているのは、人形のままでもリーミンを守ろうとの意思の表れだ。

けれども髪は相変わらず無造作に伸ばしたままで、レアンはやはり、少しも神らしくはなかった。

リーミンがくすりと忍び笑いをこぼす中、レアンが紅く熟した果実をふたつもぎ取る。

「さあ、リーミン様、こちらへ」

手招きされて、リーミンは黄金の髪をなびかせながら、レアンの元へと足を運んだ。

〝力〟を取り戻したせいで、身につけるものに不自由はない。動きに合わせて七色に変化する長衣は、アーラムの宮殿にいた頃から好んでいるものだ。胸や腕、耳にも好みの宝玉を使った飾りをつけていた。

レアンのそばまで行くと、もぎたての果実を手渡された。

「これは……林檎、だな？」

両手で受け取った果実は、そこはかとなく甘い香りを放っている。

子供の頃、そして番《つがい》となったばかりの頃にもレアンからこうして林檎を貰《もら》った。

「リーミン様、林檎がお好きでしょう？」

期待を込めるように言うレアンに、リーミンは思わず微笑みを浮かべた。

自分の機嫌を取る気なら、他にも色々とやりようはあるだろう。

〝力〟がまったく使えないというわけじゃない。むしろレアンの神としての〝力〟は日々に強くなっている。

それなのに森の神は、きれいな宝玉や長衣ではなく、果実ひとつを贈り物にするのだ。

そして、そんな素朴なものを貰って、自分はほっこりと幸せな気分を味わっている。

リーミンは子供の頃と同じように、艶やかな林檎にさくっと歯を立てた。

芳醇《ほうじゅん》な香りと瑞々しい甘さが口いっぱいに広がる。

「美味しい」

素直な感想を漏らすと、上から見つめてくるレアンの精悍な顔に、心底嬉しげな表情が浮かぶ。

「愛しています、リーミン様。あなただけを永遠に……この世界に終わりがくる、その時まで……」

真摯な告白に、リーミンは思わず羞恥を覚えて後ろを向いた。

だが、拒絶ではないと知らせるために、齧りかけの林檎を手に持ったままで、逞しいレアンの胸にそっと上体を傾ける。

レアンが後ろから手をまわし、リーミンはそっと抱きしめられた。

やわらかな陽射しが降り注ぎ、心地よい風が火照《ほて》った頬を嬲る。

そして、背後からしっかりと自分を支える獣神の存在。

ここは下界の森の中。しかしリーミンにとっては、何ものにも代えがたく、心地よい場所だった。

「私もおまえが好きだ、レアン」

自然と口をついて出た言葉に、リーミンはほのかに頬を染めた。

今まで何度も伝えようとしたが、いつも羞恥に妨げられて実行できずにいた。

その甘い台詞が、ごく自然に出てくる。

「リーミン様……俺の美しき伴侶……」

レアンは囁くように言って、いっそう強くリーミンを抱きしめた。


――終――

あとがき

こんにちは、秋山みち花です。このたびはシャレードさんでの初文庫となります【神獣の褥】をお手に取っていただき、ありがとうございました。

本書は神様同士が主人公の神話風ファンタジー、初出は同人誌となります。読み切りで書いた二篇をまとめ、そこへ新たに過去の出会い篇などいくつかのエピソードを加えた形で、全体のストーリーを見直しました。同人活動十周年記念で出した同人誌が、デビュー十周年となる本年、こうして文庫化していただけたこと、本当に嬉しく思っております。拾い上げてくださった担当様、並びに編集部の方々に感謝。

というわけで、本書は普段の秋山とはちょっと違うテイストになっております。何が違うかというと、ずばりエロス。何しろ同人誌の時のテーマが「剣」と「獣姦」だったので……。いや、加筆にあたって読み返した時、自分でもちょっと驚いてしまいました。「これ、誰が書いたんだ？」「自分だろ」「ま、そうなんですけどね……てへ」要約するとこんな感じでしたね。しかもレアンがずっと狼のままなものだから、担当様から「イラスト指定、狼ばっかりになりますぅぅ」と悲鳴が入ったり（笑）。こんな調子で、色々違うところはあるのですが、ふたりが強い絆で結ばれるのはいつもどおりです。

誇り高く弱さを見せない受け主人公は大好きで、ひたすら愛する人に尽くす攻め主人公も大好き。なので、初稿から改稿までとても楽しく書けた作品です。

そして、エロから発展したお話に、葛西リカコ先生が素晴らしいイラストをつけてくださいました。リーミン様はイメージどおりに美しく（可愛らしく）、レアンは想像より百倍はかっこよく仕上がっていて、うっとりです。それにステキなイラストのお陰で、物語の世界が映像化されたような印象も受けました。葛西先生、本当にありがとうございました。

ご苦労をおかけした担当様、編集部の皆様、本書の制作に携わっていただいた方々にもお礼を申し上げます。最後になりましたが、いつも応援してくださる読者様、そして本書が初の読者様も、ここまでお読みくださり、ありがとうございました。また次の作品でもお会いできれば嬉しいです。

秋山みち花　拝

秋山みち花先生、葛西リカコ先生へのお便り、
本作品に関するご意見、ご感想などは
〒101-8405
東京都千代田区三崎町2-18-11
二見書房　シャレード文庫
「神獣の褥」係まで。

神獣の褥
同人誌「神獣伝説」2010年3月、「神獣伝説2」同8月を大幅加筆修正

CHARADE BUNKO

神獣《しんじゅう》の褥《しとね》

【著者】秋山《あきやま》みち花《か》

【発行所】株式会社二見書房
東京都千代田区三崎町2-18-11
電話　03(3515)2311[営業]
　　　03(3515)2314[編集]
振替　00170-4-2639
【印刷】株式会社堀内印刷所
【製本】ナショナル製本協同組合

落丁・乱丁本はお取り替えいたします。
定価は、カバーに表示してあります。

ISBN978-4-576-13155-9

http://charade.futami.co.jp/